W0324414

L'ombre d'un rêve

ZHANG CHAO

L'ombre d'un rêve

Traduit du chinois
par Martine Vallette-Hémery

ZULMA

À la mémoire de Zulma
vierge-folle hors barrière
et d'un louis
(Tristan Corbière)

AVANT-PROPOS

On ment et se ment beaucoup, de nos jours.
(HUANG ZUNSU, 1584-1626,
victime de la police des eunuques.)

Ou l'on rêve, mais sans illusion, et l'on s'exprime en formules tissées de réticences dont la séduction importe plus que la véracité.

Depuis toujours en Chine, mais particulièrement à la fin des Ming et au début de la dynastie mandchoue des Qing, aux XVIe *et* XVIIe *siècles, principes, pensées, désirs s'égrènent souvent en fragments comme par crainte d'une écriture trop massive et explicite. La maxime et l'aphorisme coulent de source. Outre la brièveté et le rythme inhérents à la langue, l'écriture est marquée par la philosophie du vide, si essentielle en peinture et en poésie. L'espace entre les mots et les phrases est aussi nécessaire que le blanc en peinture, la densité du vide étant plus ou moins riche d'inexprimé.*

L'esthétique classique répugne au réalisme, à l'expression directe et ne révèle que quelques facettes suggestives. Mais elle s'est exacerbée en esthétisme à une époque d'oppression qui y a cherché un antidote à son mal-être. La frivolité masque le sérieux. Si l'essentiel et la futilité semblent parfois confondus dans les aphorismes qu'on lira ici, il est peut-être bon de rappeler qu'un papillon est un papillon, certes, mais qu'il est aussi celui de l'apologue du philosophe taoïste Zhuangzi sur l'indifférenciation de l'être[1].

L'Ombre d'un rêve (Youmengying) *est avec les* Propos sur la racine des légumes[2] *un des plus célèbres recueils de « propos détachés »* (qingyan) *de cette époque qui en produisit de nombreux. Distants de près d'un siècle, ils reflètent des préoccupations différentes ; le second est plus « mondain » que le premier et son auteur, loin d'être obscur, fut un lettré célèbre.*

Zhang Chao, souvent désigné par ses autres prénoms Shanlai ou Xinzhai, est né en 1650 ; la date de sa mort n'est pas certaine. Il vivait encore en 1699, où il aurait été emprisonné pour une affaire politique et un indice, la date d'une postface de Yang Fuji, suggère qu'il aurait pu être en vie en 1715. On ignore aussi la date à laquelle il a publié l'Ombre d'un rêve, *sans doute après 1698, année mentionnée dans le livre. Les autres écrits de Zhang Xinzhai sont un peu oubliés. Il est plus connu par une anthologie d'anecdotes et notes de lettrés contemporains* (Yuchu xinzhi) *et il a fait publier à ses frais deux recueils analogues*[3]*; ils contiennent des textes de lui, dont* l'Ombre d'un rêve, *mais sans date.*

Fils d'une famille mandarinale aisée de la province de l'Anhui, Xinzhai a exercé temporairement une fonction de secrétaire-bibliothécaire à l'Académie Hanlin. Puis il a vécu, semble-t-il confortablement, dans la prospère ville de Yangzhou, entouré d'un cercle d'amis ; certains sont des écrivains renommés, comme Kong Shangren (ici : Dongtan), Mao Xiang (Pijiang ou Chaomin) ou Yu Huai

---

1. Zhuangzi (IIIe s. av. J.-C.) rêve qu'il est un papillon qui rêve qu'il est Zhuangzi et au réveil ne sait plus s'il est lui ou l'autre.

2. Éditions Zulma, 1995.

3. Le *Tanji congshu* de Wang Zhuo et le *Zhaodai congshu.*

(Danxin). Zhang Zhupo, peut-être son neveu, est l'auteur d'un commentaire marquant du Jinpingmei (Fleurs en fiole d'or). *Nombre d'entre eux ont ajouté leurs réflexions aux propos de* l'Ombre d'un rêve *au fur et à mesure de leur rédaction, et font parfois allusion à la riche bibliothèque et au train de vie raffiné de l'auteur. Zhang Chao, en effet, a sollicité les commentaires d'amis ou de lettrés. La pratique était en soi fréquente mais ce qui est exceptionnel, c'est qu'il les ait reproduits à la suite de ses propres propos. La postface de Yang Fuji le mentionne d'ailleurs comme une initiative originale qui donne au lecteur l'impression d'être parmi ces gens.*

L'art de vivre qui s'esquisse à la lecture de l'ensemble des propos et de leurs commentaires offre un reflet attardé de l'esthétisme de la fin des Ming ; cette attitude se retrouve d'ailleurs chez d'autres, survivants ou nostalgiques de la dynastie déchue. Mais on est déjà à quelques décennies de la tragédie de l'invasion mandchoue, en 1644 ; les lettrés acceptent des postes officiels, un esprit positif l'emporte sur certains excès délétères et la protestation s'exprime par le détour du roman ou du théâtre. Il est certain que l'Ombre d'un rêve, *autant que l'expression d'un art de vivre au présent, l'est du désir de revivre un passé révolu ou de protéger un présent fragile. Ces propos sont parfois des constats lucides mais en général ils sont plus optatifs qu'assertifs, plus rassurants que véridiques, ils appartiennent au domaine de l'idylle. Ils se présentent volontiers sous la forme d'une injonction mais celle-ci résonne parfois comme une incantation propre à exaucer un désir, au sortir d'un rêve.*

Nourrie de rêve, la séduction n'en dissimule pas moins également une ambition morale. La frivolité masque le sérieux ou se prend au sérieux. Rares étaient les lettrés qui, éloignés par choix ou par nécessité des affaires publiques, n'éprou-

vaient pas un secret regret de ne pas contribuer à « administrer le monde », engagement sans lequel, pour le confucianisme, la « culture morale » n'est pas complète. Rares aussi étaient ceux qui se sentaient capables de « pratiquer la vertu » avec le zèle requis. C'est ce qui explique peut-être ce besoin d'ordonner les diverses activités, jusqu'à la littérature et au divertissement, de classer les séductions, d'apporter à son jardin le soin avec lequel on administre un district. Cette manière distanciée d'appréhender le réel se traduit par une rigueur esthétique qui se confond avec la morale. Le refuge dans l'esthétique inspire d'ailleurs de nombreux écrits contemporains, souvent d'auteurs fort sérieux, qui dressent un inventaire des charmes de l'existence, comme Au hasard du loisir *de Li Yu ou* Trente-trois choses plaisantes *de Jin Shengtan.*

Mais on ne saurait réduire ces écrits à leur esthétisme en négligeant le rôle prépondérant du sentiment, « support du monde » comme le dit Xinzhai, dans la littérature du temps. Si ces écrivains ont oscillé entre morale et esthétique c'est parce qu'ils ont exalté la sensibilité contre les principes trop rigides de la morale au risque de compromettre l'équilibre prôné par la tradition littéraire entre le monde objectif et sa résonance subjective. « La sensibilité... c'est un terrain mouvant et qui ne peut servir de fondement à la vertu qui est une chose ferme... le plaisir est fluide. » Cette contradiction, si l'Ombre d'un rêve *et bien des écrits chinois contemporains la suggèrent sans la dire, celui qui la constate aussi explicitement est un penseur occidental, Joubert (chez lequel, d'ailleurs, on trouverait d'autres traits de « sympathie »). Pour Xinzhai, le sentiment associe beauté et bonté et, avec l'idéal de détachement inspiré par le bouddhisme à nombre de lettrés, cela se traduit par un art de comportement qui concilie sensibilité et lucidité distante.*

Le langage, en ce XVIIe siècle chinois, est souvent double-

ment allusif, par tradition et par prudence devant la suspicion du temps. Il l'est souvent ici, on l'a dit, mais il peut être aussi direct et incisif. Le style est moins marqué par les parallélismes qu'il n'est de rigueur dans le genre et l'auteur les manie avec autant de discrétion que d'habileté. Aucun thème précis ne préside à la conception du livre. Les propos ne sont pas regroupés selon leur sujet comme dans d'autres recueils analogues, ils paraissent avoir été écrits au hasard de l'inspiration et ouverts au dialogue. La plupart des commentaires des amis de Xinzhai traduisent la complicité et l'émulation, en cet « entretien infini » qui caractérise la littérature chinoise et ses gloses. Le texte qui en résulte est resté lacunaire, voire capricieux. Structuré comme un proverbe ou flou comme une divagation, chaque propos est tout à la fois isolé et lié par le silence qui l'entoure. Au lecteur d'achever les correspondances et les conclusions esquissées.

Apprécié en son temps puis traité sans indulgence par les censeurs du « grand catalogue » du XVIIIe siècle (« livre qui peut être brûlé »), l'Ombre d'un rêve *est sorti d'un relatif oubli dans les années trente de ce siècle.*

L'édition la plus ancienne du *Youmengying* semble être celle du *Zhaodai congshu* (édité par Zhang Chao). Le livre connaît toujours des éditions nombreuses et diverses. Elles sont établies sur un manuscrit non daté retrouvé dans l'Anhui dans les années trente par Zhang Yiping. Quelques-unes donnent en annexe une suite écrite au XIXe siècle par Zhu Xishou. La plupart reproduisent les aphorismes dans le même ordre avec les mêmes commentaires, certaines ajoutent des commentaires modernes ou regroupent les aphorismes par thèmes. C'est ce dernier parti qu'adopte Lin Yutang dans le choix qu'il en a traduit en anglais (in *The Importance of Living*, 1937, repris en volume, *Quiet Dream Shadow*).

1

Pour lire les livres canoniques préférons l'hiver, où notre esprit est plus concentré. Pour lire les historiens préférons l'été, où le temps est plus étiré. Pour lire les philosophes préférons l'automne, où notre raison est plus lucide. Pour lire les poètes préférons le printemps, où notre pensée est plus éveillée.

On croit voir un souverain convoquant tour à tour ses nombreux sujets. (Cao Qiuyue)

Toute saison est la meilleure pour lire l'Ombre d'un rêve. *(Ping Binu)*

2

Les livres canoniques doivent se lire en méditant dans la solitude. Les annales et les histoires doivent se lire en échangeant ses idées avec des amis.

Si l'on a capté le sens subtil de ce propos, il est difficile d'en parler avec ceux qui ne comprennent pas. (Sun Kaisi)

À défaut d'amis le vin ferait l'affaire. (Wang Jingzhou)

3

Ni bon ni mauvais, tel est le saint. Bon plus que mauvais, tel est le sage. Plus mauvais que bon, tel est l'homme du commun. Tout à fait mauvais, tel est l'homme de peu. Parfaitement bon, tel est l'Immortel ou le Bouddha.

De nos jours nombreux sont ceux qui ne donnent rien mais acceptent tout, n'étant saints qu'à demi[1]. *(Huang Jiuyan)*

Mauvais d'abord et bon ensuite, tel est le repenti. Bon d'abord et mauvais ensuite, tel est l'inconstant. (Jiang Hanzheng)

Air de bonté, cœur mauvais, tel est l'hypocrite. Il a sa place dans l'inventaire. (Yin Rijie)

Il faut être bon, mais pas toujours, disaient les anciens ; et Tang Yin[2] *écrit dans un poème : « Trop paresseux pour être bon, d'autant plus pour être mauvais. » Il faut aller encore plus loin dans la distinction entre beaucoup ou peu, oui ou non. (Mao Qingruo)*

1. Le saint ne donne ni n'accepte rien qui soit contraire à la morale, Mencius, (IIIe siècle av. J.-C.). – 2. (1470-1523).

4

Pourvu qu'on ait au monde un seul être qui vous comprenne, on peut être content. Et cela ne vaut pas que pour les humains. Les chrysanthèmes se sentaient compris par Tao Yuanming[1], les pruniers par Lin Bu, les bambous par Wang Ziyou, les lotus par Zhou Dunyi, les fleurs de pêcher par les survivants de la dynastie Qin, celles d'abricotier par Dong Ju, les pierres par Mi Fei, les litchis par Yang Guifei, le thé par Lu Tong et Lu Yu, les plantes aromatiques par Qu Yuan, la cuisine de son pays par Zhang Han, les bananiers par Huai Su, les pastèques par Shao Ping, les coqs par Song Chuzong, les oies par Wang Xizhi, les tambours par Mi Heng, la guitare pipa par Zhao Jun. Une rencontre décide d'une éternelle fidélité. Mais donner un fief à des pins comme le Premier Empereur Qin ou offrir un char à une grue comme le duc Yi de Wei, c'est trop extravagant pour en espérer une union destinée à durer.

Les pins et les grues n'avaient rien demandé et étaient bien incapables de refuser ces hommages si peu naturels. (Zha Erzhan)

Mais comme ils étaient en fait incompris, cela n'a nui en rien à leur nature de pin ou de grue. (Yin Rijie)

La grue aurait pu être reconnaissante. (Zhou Xingyuan)

Donner un fief à des pins ou un char à une grue, c'est mieux les comprendre qu'en les abattant ou les rôtissant : n'est-ce pas cela qui est répréhensible ? (Wang Mingyou)

S'il n'y a aucun être qui vous comprenne parmi les humains, on peut le chercher parmi les autres créatures ; le malheur des premiers fait le bonheur des secondes. Et si celles-ci ne sont pas comprises par leurs pareilles, elles peuvent chercher parmi les humains, dont le bonheur vient alors de leur malheur à elles. Voyez comme il est difficile d'avoir un ami qui vous comprenne et comme il faut en connaître le prix pour en apprécier la douceur. (Zhang Zhupo)

1. Les personnages du passé cités ici sont célèbres par leur passion pour une chose et les anecdotes qui s'y rattachent.

5

S'affliger des nuages par sympathie pour la lune, des vers rongeurs pour les livres, de la tempête pour les fleurs, des coups du sort pour les lettrés doués et les belles femmes, voilà qui est d'un cœur de Bodhisattva[1].

S'il en est ainsi, comment trouver des moments de joie ? (Yu Danxin)

Est-ce à dire que l'honnête homme doit s'affliger tout au long de ses jours ? (Sun Songping)

L'allusion aux coups du sort vous arracherait des larmes. (Huang Jiaosan)

Je crains que les victimes du sort ne puissent pas apprécier la sollicitude exprimée ici. (Zhang Zhupo)

En lisant cela, je ne puis m'empêcher de m'affliger du brouillard par sympathie pour les crabes. (Jiang Hanzheng)

C'est-à-dire : s'affliger pour les crabes par sympathie pour soi-même ! (Zhang Poyou)

Cela fait un peu penser aux histoires de l'homme qui avait peur que le ciel ne s'écroule ou de la pauvresse qui s'inquiétait pour l'empereur. (You Hai'an)

1. Variation sur l'adage confucéen selon lequel l'homme de bien s'afflige des malheurs de l'Empire avant les siens.

6

Les fleurs ne pourraient exister sans papillons, les montagnes sans sources, les pierres sans mousse, l'eau sans herbes flottantes, les arbres sans lianes et les humains sans passions.

Voilà qui montre que tout ce qui se perpétue le doit aux passions. (Huang Shilü)

Sauf à celle de l'argent ! (Sun Songping)

7

Lorsqu'on entend les oiseaux au printemps, les cigales en été, les criquets en automne ou la neige en hiver, lorsqu'on entend une partie d'échecs au soleil ou une flûte au clair de lune, le murmure des pins en montagne ou un clapotis de rames dans l'eau, on est heureux d'avoir des oreilles. Mais mieux vaut être sourd que d'entendre les affronts d'un jeune voyou ou les vociférations d'une épouse acariâtre.

Ce sont des bruits qu'il est facile d'entendre et que tout le monde peut apprécier. (Huang Xiansheng)

Xinzhai parle ainsi parce qu'il vit retiré. Pour ceux qui comme moi habitent dans une ville, un chant d'oiseau est aussi rare que le cri du phénix. (Zhu Jushan)

Jadis, quand le Bodhisattva Wenshu choisit vingt-cinq « esprits éveillés » il choisit les premiers pour leur ouïe. Or celle de l'ermite Xinzhai n'est pas inférieure. Si je devais choisir des « esprits éveillés », il serait le premier. (Shi Zhongzhou)

Il est impossible au voyageur exilé d'entendre la voix de ses fils, même s'il le désire. (Zhang Zhupo)

Il faut donc mieux fréquenter des bêtes que de jeunes voyous ou des épouses acariâtres. Je comprends à présent pourquoi on peut être heureux d'être sourd. (Zhang Qian'an)

8

À la Fête des lanternes *(le quinze de la première lune)* il faut boire avec des amis chevaleresques. À la Fête des joutes nautiques *(le cinq de la cinquième lune)* il faut boire avec des amis de belle prestance. À la Fête des amoureux *(le sept de la septième lune)* il faut boire avec des amis qui ont du charme et de la distinction. À la Fête de la mi-automne *(le quinze de la huitième lune)* il faut boire avec des amis détachés des passions. À la Fête du double neuf il faut boire avec des amis qui fuient le monde.

Je me demande à quelle catégorie d'amis j'appartiens. (Zhu Jushan)

Vous devez vous situer entre les chevaleresques et les charmeurs distingués. (Wang Wuzheng)

À Yangshou les amis de belle prestance sont foule mais les chevaleresques sont plus rares et ceux qui sont distingués encore plus; quant aux amis détachés du monde ou le fuyant, on n'en trouve pas trace. (Wang Mingyou)

Il est facile de trouver des amis mais rares sont ceux à la santé desquels on a sincèrement envie de boire. (Zhang Zhupo)

À la veille du nouvel an, il faut boire avec ses amis malchanceux. (Gu Tianshi)

Vous pouvez boire avec moi à tout moment. (Xu Yangu)

À la Fête des joutes nautiques je bois avec les bateaux; à la Fête des amoureux, je bois avec les deux étoiles qui les représentent; à la Fête de la mi-automne, je bois avec la lune; à la Fête du double neuf je bois avec les chrysanthèmes. Je fais ainsi le tour de mes amis. (You Qinyong)

9

Les cyprins dorés et les hirondelles pourpres, semblent les Immortels d'entre les poissons et les oiseaux, *(parce que leur chair n'est pas savoureuse)*. De même, Dongfang Manqian[1] a déjoué les intrigues du Palais *(en se faisant le «fou» de l'empereur)*.

Si le cyprin ne finit pas sur nos tables c'est grâce à sa beauté mais aussi à l'amertume de sa chair. Quelqu'un, jadis, acheta à grand prix des poissons rares pour les offrir à son seigneur. Celui-ci lui dit quelques jours plus tard : « Ces beaux poissons étaient insipides. » Car il les avait fait cuire ! (Jiang Hanzheng)

1. Dongfang Shuo (IIe siècle av. J.-C.), écrivain et mage taoïste ; toujours ivre ou plaisantant, il affirmait pouvoir vivre ainsi en ermite à la Cour. Voir aussi n° 10.

10

Pour œuvrer dans le monde, y rester caché avec l'habileté du mage Dongfang Shuo. Pour échapper au monde, s'y engager à la manière du moine Liao Yuan.

L'empereur Wu des Han assassinait volontiers mais Dongfang Shuo échappa à la mort grâce aux élixirs de longue vie. (Jiang Hanzheng)

Il a écrit dans un poème : « Caché, je me joue du monde. Ainsi j'évite ses écueils. » C'est pourquoi il a échappé à la mort. (Yin Rijie)

Ne fuir le monde qu'après y avoir trouvé sa place : ainsi les deux ne font qu'un, c'est le secret de la réussite. (Shi Tianwai)

11

Pour admirer les fleurs la meilleure compagnie est celle d'une belle femme ; pour s'enivrer au clair de lune, celle d'une créature pleine de charme ; pour lire grâce au reflet des astres sur la neige[1], celle d'un être d'une grande noblesse.

Une fleur est une belle femme, la lune une créature charmante et la neige un être noble. Si on a les uns on peut se passer des autres. (Yu Danxin)

Il ne faut pas être trop gourmand, on ne peut à la fois, comme dit le poète Su Dongpo, « voler dans les airs et goûter aux joies de la vie sur terre ». (Jiang Hanzheng)

Si je pouvais avoir les trois choses en même temps en compagnie des trois personnes réunies en une, j'en serais trop grisé pour l'apprécier. (Zhang Zhupo)

1. C'est ainsi que de célèbres lettrés d'humble origine sont censés avoir étudié.

12

S'entretenir avec un ami au vaste savoir c'est lire un texte rare. S'entretenir avec un ami d'un grand raffinement c'est lire des poèmes et des proses célèbres. S'entretenir avec un ami sage et réfléchi c'est lire les Classiques et leurs gloses. S'entretenir avec un ami plein d'esprit c'est lire des romans.

On pourrait inverser les termes, les livres peuvent se comparer aux hommes. (Li Shengxu)

Ce sont les propos de quelqu'un qui sait choisir ses lectures comme ses amis. (Zhang Zhupo)

13

La calligraphie classique doit évoquer un lettré ; la calligraphie libre, un fougueux général ; la cursive tient des deux et fait penser au général Yang Hu des Jin, toujours vêtu comme un lettré retiré.

Xinzhai ne pratique guère la calligraphie, ce qui expliquerait ce propos. (Cheng Weilao)

Voilà pourquoi Wang Xizhi, ce prodigieux calligraphe, fut aussi général. (Zhang Zhupo)

14

Les humains devraient tous pouvoir être évoqués dans un poème, le reste des êtres et des choses dans une peinture.

Il y a des choses qui ne peuvent pas entrer dans une peinture : les porcs, l'argent, les voyous. (Gong Banqian)

Dans le poème on doit reconnaître l'homme et dans la peinture les choses. (Zhang Zhupo)

Ce serait tout aussi beau que les humains cherchent à ressembler à une peinture et les choses à un poème. (Shi Tianwai)

15

Les jeunes gens devraient avoir l'expérience de l'âge mûr et les gens mûrs l'enthousiasme de la jeunesse.

Un homme déjà décati qui récolte quelques boisseaux de plus et s'offre une concubine n'a-t-il pas l'enthousiasme de la jeunesse ? Par contre les jeunes gens qui font preuve de maturité sont plus rares. (Jiang Hanzheng)

Un jeune homme de dix-sept ou dix-huit ans qui a une concubine prouve par là sa maturité ! (Zhang Zhupo)

Un vieillard sclérosé n'a rien d'exemplaire. (Li Ruojin)

Ainsi, il ne faut pas être le jouet des ans. (Wang Sizhi)

16

Le printemps est la disposition fondamentale du ciel, l'automne en est une variation.

C'est tout le secret de la destinée humaine. (Shi Tianwai)

Capter l'esprit du printemps, telle est la disposition fondamentale de l'homme ; capter l'esprit de l'automne en est une variation. (Yuan Jianzhong)

L'été est une humeur passagère du ciel, l'hiver sa simplicité originelle. (You Hui'an)

Quand l'homme est disposé à la joie au printemps et à l'intégrité en automne, le ciel est en lui. (Lu Yunshi)

17

Quelqu'un a dit jadis : la vie ne vaudrait pas la peine d'être vécue s'il n'y avait pas les fleurs, la lune et les belles femmes. J'ajouterai : il ne serait pas indispensable d'être incarné en ce monde s'il n'y avait pas l'encre et les pinceaux, le vin et les échecs.

Je suis bien vainement incarné en ce monde, il me faut d'urgence parvenir à l'illumination. (Yin Rijie)

Les pays étrangers ne connaissent pas l'encre et les pinceaux, le vin et les échecs ou, s'ils en ont, ce ne sont pas les mêmes. Comment des hommes peuvent-ils y vivre ? (Gu Tianshi)

Ce monde n'aurait pas non plus de raison d'être sans lettrés de valeur. (Hu Huilai)

18

Si j'étais un arbre je serais l'ailante au bois inutilisable ; si j'étais une herbe, je serais celle qui sert à la divination ; si j'étais un oiseau je serais la mouette qui joue avec les innocents ; si j'étais un quadrupède je serais le bélier mythique qui transperce les méchants ; si j'étais un insecte je serais un papillon ; si j'étais un poisson, je serais celui qui s'ébat dans tous les océans[1].

Voilà des désirs qui contrastent avec ceux que décrit l'Apaisement des passions *de Tao Yuanming. (Wu Lanci)*

Je voudrais être à jamais une pierre brute. (Zheng Poshui)

Le premier des souhaits devrait être : si j'étais un homme, que ce soit un rêve. (You Hui'an)

J'ajouterai : si j'étais un rêve, je serais l'ombre de ce rêve. (You Huizhu)

Il y a des contradictions dans ces souhaits. Si l'on peut prédire l'avenir on est utile ; si l'on est innocent, on ne pense pas aux méchants. (Ton frère Mushan)

1. Allusions à des textes anciens, principalement taoïstes.

19

Huang Jiuyan[1] a dit : « Jadis comme aujourd'hui, l'homme a toujours eu un compagnon. Le seul, dans les temps les plus reculés, à n'avoir peut-être eu personne près de lui est Pangu, l'ancêtre de notre monde. » Pour ma part, je ne pense pas qu'il ait été seul, simplement nous ne pouvons le savoir. Qui était-il ? Peut-être le dernier survivant à la fin d'un âge de l'univers.

Alors, on ne peut pas se tenir à distance des querelles humaines ? (Sun Songping)

On n'a pas nécessairement un seul compagnon ; on peut être trois, quatre, cinq... ou huit. On ne peut l'ignorer. (Hong Qiushi)

1. 1611-1680, un des « commentateurs », qui vit retiré depuis la fin des Ming.

20

Quelqu'un a dit jadis que l'hiver était triplement propice au loisir. J'estime pour ma part que c'est l'été : en se levant tôt, on gagne un moment sur la nuit ; en veillant tard, on gagne un moment sur le jour ; en faisant la sieste, on gagne un moment sur les obligations sociales. Comme dit si justement un poème ancien : « J'aime l'été car le temps s'y étire. »

Je me demande combien de personnes jouissent d'un triple loisir en hiver comme en été. (Zhang Zhupo)

Vous avez dû écrire cela avant l'an xinwei (1691). (Zhang Qian'an)

21

Heureux Zhuangzi, qui rêva qu'il était un papillon ! Malheureux papillon, qui rêva qu'il était Zhuangzi ! [1]

Seul un Zhuangzi pouvait rêver qu'il était un papillon, et seul un papillon pouvait rêver qu'il était Zhuangzi. Peut-on faire des rêves pareils lorsqu'on est aveuglé par la poussière du monde ? (Huang Jiuyan)

Êtes-vous en train de rêver que vous interprétez les rêves ? (Sun Kaisi)

Si Zhuangzi a pu se réjouir de son rêve c'est qu'il était grisé de fleurs comme un papillon. Si l'on se réveille trop tôt pour avoir pu croire à son rêve on est comme l'ivrogne furieux d'être réveillé par sa femme avant d'avoir dégusté le vin de son rêve. (Jiang Hanzheng)

Pourquoi n'ai-je pas eu le bonheur de rêver que j'étais un papillon ? (Zhang Zhupo)

1. Célèbre anecdote du classique taoïste (IIIe siècle av. J.-C.) : Zhuangzi rêve qu'il est un papillon qui à son tour rêve qu'il est Zhuangzi et au réveil il a perdu le sens de son moi.

22

On attire les papillons en cultivant des fleurs, les nuages en entassant des pierres, le vent en plantant des pins, les herbes flottantes en creusant des pièces d'eau, la lune en élevant des terrasses, la pluie en plantant des bananiers et les cigales en plantant des saules.

On attire les amis en collectionnant les livres rares. (Cao Qiuyue)

On m'attire en faisant du bon vin. (Cui Lianfeng)

Comment trouver un hôte aussi plein de sagesse ? (You Liangzhai)

Qui d'autre pourrait-ce être sinon Xinzhai ? (You Huizhu)

On attire la malveillance en choisissant des poèmes. (Ni Yongqing)

On attire les faveurs du ciel en cultivant la vertu et celles de la terre en cultivant le sol, sans les rechercher ; c'est tout autrement qu'on attire la célébrité ou le profit. (Lu Yunshi)

On attire la richesse en étant dur avec autrui. (Pang Tianchi)

23

Il y a des paysages prétendus sublimes mais désolés en réalité, comme ceux de brume et de pluie. Il y a des situations prétendues distinguées mais insupportables en réalité, comme la pauvreté et la maladie. Il y a des sons prétendus exquis mais grossiers en réalité, comme les cris des marchandes de fleurs.

Il y a des choses qu'on dit très vulgaires et qui sont en

réalité fort aimables, comme l'argent, par exemple. (Xie Haiweng)

Le sort m'a placé dans une situation suprêmement distinguée. (Zhang Zhupo)

24

L'homme de talent qui parvient à la richesse et aux honneurs doit nécessairement avoir recherché ce bonheur par la pratique de la vertu et de la sagesse.

Il est rare qu'un homme de talent soit à la fois riche et honoré. Pour pouvoir en faire bon usage, il faut être un homme de talent qui pratique la vertu et la sagesse. Peut-il y avoir des gens riches et honorés qui ne soient pas hommes de talent ? Ceux qui ne recherchent rien que pour eux-mêmes sans penser aux autres ont du bonheur mais pas de sagesse. (Mao Qingruo)

Les bouddhistes disent : « Rechercher le bonheur par la vertu sans la sagesse, c'est porter de vains ornements. Pratiquer la sagesse sans vertu, c'est être un saint bien peu généreux. » Il est difficile de concilier les deux ; Xinzhai parle ici pour lui-même. (Chen Huoshan)

Plutôt être mal nourri et émacié que bouffi de viande et de vin. (Jiang Hanzheng)

25

Je regrette que la pleine lune décline si rapidement et que le croissant monte si lentement.

Les phases de la lune sont celles de mon sommeil. (Kong Dongtang)

Il me suffit que les nuages n'obscurcissent pas sa clarté. (Sun Songping)

La voie du ciel évite la plénitude. Lenteur et déclin ne sont pas à redouter. (Mao Qingruo)

Déclin rapide, lente montée. On croirait une prédiction sur les vicissitudes d'un honnête homme. (Zhang Zhupo)

26

Je serais incapable de labourer un champ et pourrais toujours apprendre à arroser un jardin. Je serais incapable d'abattre du bois mais pourrais à la rigueur apprendre à couper l'herbe.

À défaut d'un paysan expérimenté vous feriez un bon jardinier, c'est-à-dire un demi-Fanchi[1]*. (Wang Fuchen)*

Arroser et désherber sont des occupations satisfaisantes. Il semble cependant que votre pinceau exprime une envie secrète non de planter mais d'arracher. (Le moine Junren)

Serait-ce présomptueux de ma part de me présenter comme un paysan lettré ? (Wang Sizhi)

1. Il voulut apprendre à labourer et jardiner auprès de Confucius qui lui répondit qu'un paysan serait mieux placé pour le lui enseigner.

27

Dix faits que je déplore : Un, les livres sont facilement rongés par les vers. Deux, les nuits d'été sont envahies de moustiques. Trois, le temps passe trop vite quand on admire la lune. Quatre, les feuilles de chrysanthèmes se dessèchent. Cinq, les pins sont envahis de grandes fourmis. Six, les bambous perdent leurs feuilles en grand nombre. Sept, les osmanthes et les nénuphars se fanent vite. Huit, les herbes folles dissimulent des serpents. Neuf, les fleurs grimpantes ont des épines. Dix, les diodons, ces poissons délicieux, recèlent un poison.

Les pins du Huangshan[1] *n'ont pas de grandes fourmis. Il n'y a rien à déplorer sur ce point. (Jiang Di'an)*

Y aurait-il des choses à déplorer si l'on était toujours sur le Huangshan ? (Zhang Zhupo)

Je vois deux autres choses à déplorer ; qu'un homme de talent manque de vertu ; qu'une belle femme ait un sort lamentable. (Shi Tianwai)

1. Monts célèbres pour leur beauté et les jeux de nuages autour.

28

Regarder une montagne du haut d'une tour, regarder la neige d'un rempart glacial, regarder la lune auprès d'une lampe allumée, regarder les nuages en voguant au fil de l'eau, regarder une belle femme sous un clair de lune radieux, voilà qui donne une vision d'une résonance tout autre.

Comme regarder des nuages sur le Huangshan. (Jiang Yunning)

Ou regarder un grand mandarin alors qu'on occupe soi-même un poste ; ou regarder un littérateur là où il y a de l'argent à gagner. (Ni Yongqinq)

Chaque fois que je regarde des saules après la pluie, je me sens purifié. (Bi Youwan)

On peut aussi regarder la neige sur une montagne, les fleurs dans la neige, une belle femme au milieu des fleurs. (You Jinyong)

29

La teinte des montagnes, le bruit de l'eau, la lumière de la lune, le parfum des fleurs, la prestance d'un lettré, la grâce d'une femme, autant de choses indescriptibles, insaisissables qui ravissent l'esprit et émeuvent le cœur.

Si j'étais sur une montagne au clair de lune, entre de l'eau et des fleurs, en compagnie d'un lettré d'une prestance supérieure et d'une femme d'une grâce suprême, je me demande dans quel état seraient mon esprit et mon cœur. (Wu Jianan)

30

Si nous étions libres comme dans nos rêves nous n'aurions pas à atteler les chevaux même pour franchir dix mille *li* et nous ne serions pas jaloux d'un Changfang qui pouvait rétrécir les distances. Si nous pouvions rencontrer les morts nous n'aurions pas besoin d'un Shaojun qui savait rappeler les esprits des défunts. Si nous pouvions parcourir de notre lit les cinq Monts cardinaux nous n'aurions pas à attendre que nos enfants soient établis.

J'ai déjà dit que si les fantômes sont parfois supérieurs aux vivants c'est parce qu'ils sont libres. (Huang Jiuyan)

Je crains de « ne rien voir même en m'élevant jusqu'au ciel ou en descendant aux Sources jaunes de la mort »[1]. *(Jiang Hanzheng)*

Si l'âme qui rêve était libre elle pourrait unir vie et mort, faire communiquer hommes et esprits, comme le disent les taoïstes. (Zhang Zhupo)

1. Citation du *Chant des Regrets éternels* de Bai Juyi (772-846).

31

Si Zhao Jun est devenue célèbre à cause d'un mariage infamant et Liu Fen pour un échec injuste[1], ils le doivent à leur infortune et non à une faute.

La belle affaire, pour un moineau, qu'on lui soigne la patte après l'avoir brisée exprès ! (Jiang Hanzheng)

On n'en fait pas autant pour un vieux fonctionnaire ou un humble docteur. (You Hui'an)

1. Zhao Jun, concubine d'un empereur Han, fut choisie à cause d'un portrait peu flatteur pour être mariée à un chef Hun ; l'empereur ne découvrit son erreur qu'à son départ. Liu Fen, lettré talentueux des Tang, fut victime de calomnies et écarté des concours mandarinaux.

32

Aimer une belle femme comme on aime une fleur c'est la comprendre avec un plaisir plus intense. Aimer une fleur comme on aime une belle femme c'est la protéger avec une ferveur accrue.

C'est seulement ainsi que l'on peut vraiment comprendre et protéger. (Mao Pijiang)

Heureuses les fleurs et les belles qui rencontreraient un aussi noble admirateur ! (Zhang Zhupo)

33

Ce pour quoi les femmes sont plus aimables que les fleurs c'est qu'elles peuvent parler. Ce pour quoi les fleurs sont plus aimables que les femmes c'est qu'elles ont un parfum naturel. Puisqu'on ne peut concilier les deux, je renonce au parfum pour la parole.

Zhao Feiyan avait une haleine d'orchidée, sa sœur Hede un corps aux senteurs d'herbes aromatiques, Yaoying une peau odorante comme une fleur fraîche. Il n'y a pas que les fleurs qui aient un parfum naturel. (Wang Wujian)

34

J'aime contempler du dehors les caractères tracés sur le papier d'une fenêtre par celui qui est à l'intérieur, je les trouve encore plus beaux.

Si c'est un créancier qui écrit du dehors sur le papier de ma fenêtre je préfère ne pas m'attarder à regarder. (Jiang Hanzheng)

35

L'étude, dans la jeunesse, c'est épier la lune par une fente ; dans la force de l'âge c'est contempler la lune d'une cour intérieure ; dans la vieillesse c'est savourer le clair de lune sur une terrasse. L'acquis augmente avec l'expérience.

Voilà bien là toute la complexité de l'étude. (Huang Jiaosan)

Mon oncle s'exprime comme si, perché sur la lune, il voyait ce monde vaste et divers aussi lisse qu'un plan d'eau. (Zhang Zhupo)

J'estime que l'apprentissage de la morale suit la même voie. (Bi Youwan)

36

Je voudrais présenter la requête suivante à la Divinité de la pluie : Au printemps la pluie devrait commencer après la Fête des lanternes *(quinze jours après le nouvel an)* et cesser dix jours avant la Fête de la visite aux tombes *(avril)*. En été la pluie devrait tomber avant le premier croissant et après le dernier de chaque lunaison. En automne la pluie devrait tomber au début de la première lune et à la fin de la troisième *(la Fête de la mi-automne étant celle de la lune)*. Quant aux trois mois d'hiver, il n'est pas indispensable qu'il y pleuve.

Si vous écriviez effectivement cette requête je vous servirais volontiers de messager. (Kong Dongtang)

Si cela faisait pleuvoir du riz, ce pourrait être tout aussi bien du premier au dernier jour de l'année. (Yu Shengsheng)

Il ne faut surtout pas envoyer cette requête à la Divinité de la pluie du Mont Wu[1]*. (Zhang Zhupo)*

1. Allusion à un poème antique, le *Gaotang fu* de Song Yu, évoquant une divine créature apparue dans la pluie sur ce mont.

37

Mieux vaut une pauvreté sans tache qu'une richesse trouble. Mieux vaut mourir dans la joie que vivre dans la tristesse.

Si l'on vit en conformité avec la raison rien ne peut attrister. Si l'on meurt en contradiction avec la raison rien ne peut réjouir. (Li Shenxu)

Je préférerais la richesse, même trouble. (Wu Yeren)

Je suis trop gourmand, je voudrais une richesse sans tache. Pourrai-je jamais être exaucé ? (Zhang Zhupo)

38

Sous le ciel seuls les esprits des défunts sont tous riches ; même s'ils n'avaient pas une sapèque durant leur vie, on leur offre du papier d'argent à profusion après leur mort. Sous le ciel seuls les esprits des défunts sont tous respectés ; même s'ils furent humiliés et bafoués durant leur vie, on se prosterne devant eux après leur mort.

Le monde a toujours traité d'esprits faméliques les lettrés impécunieux. Alors ? (Wu Yeren)

Une fois morts ils y gagnent au moins du respect. (Chen Kangchou)

39

Le papillon est la réincarnation de l'homme de talent, la fleur une variété de la belle femme.

Le papillon perdu dans les fleurs pour se pénétrer de leur parfum évoque en effet l'homme de talent qui s'attarde dans les appartements des femmes. (Zhang Zhupo)

40

La neige me fait penser à un noble lettré, une fleur à une belle femme, le vin à un paladin de jadis, la lune à un ami cher, un paysage à une prose ou un poème heureux.

Tout homme qui possède une aptitude me donne envie de l'apprendre, sans me laisser rebuter par les détails. Une sympathie universelle doit s'étendre à tout. (Ton frère Mushan)

Ces mots me touchent aux larmes. (Zhang Zhupo)

Une prose ou un poème heureux me font penser à Xinzhai. (You Jinyong)

On se plaît à l'imaginer. (Li Jizi)

« Toute vision a une cause prédestinée [1]. » (Lu Yunshi)

1. Citation du *Pavillon des Pivoines*, pièce du XVIe siècle, où le rêve et l'amour triomphent de la mort.

41

Entendre le cri d'une oie c'est se croire à Baimen[1]. Entendre le bruit de rames dans l'eau c'est se croire à Wu. Entendre de l'eau qui déferle c'est se croire devant le mascaret de Qiantang. Entendre un cheval agiter son grelot c'est se croire sur la route de Chang'an.

Comme des incantations aux Bodhisattvas Guanyin et Maha ! (Nie Jinren)

Pourrait-on encore parler de la vie si tous les bruits se taisaient ? (Ni Yongqing)

1. Allusions à des souvenirs du passé liés aux villes actuelles de Nankin, Suzhou, Hangzhou, Xian.

42

La plus belle des fêtes de l'année est la Fête des lanternes *(après le nouvel an)* ; puis c'est celle de la lune *(mi-automne)* et ensuite celles des joutes sur l'eau *(le cinq de la cinquième lune)* et du double neuf.

Les plus belles fêtes de l'année sont pour moi les jours où je me sens heureux. (Zhang Zhupo)

N'est-ce pas d'un goût trop recherché de placer la Fête des lanternes au-dessus de celle de la lune ? (Gu Tianshi)

43

La pluie peut avoir pour effet que les jours soient plus courts et les nuits plus longues.

La pluie peut avoir pour effet que le ciel ferme les yeux, que la terre bourgeonne et que les régions inondées gagnent du terrain. (Zhang Zhupo)

44

Certaines traditions du passé sont aujourd'hui perdues, comme l'art de siffler des taoïstes, la danse à l'épée, les échecs à douze pièces, le polo.

Certaines choses étaient très supérieures dans le passé, comme les chanteuses courtisanes et les magiciennes taoïstes. (Huang Jiuyan)

D'autres sont de beaucoup supérieures aujourd'hui, comme le pouvoir des petits fonctionnaires, la fourberie, l'absence de vergogne. (Zhang Zhupo)

S'il y a une chose d'aujourd'hui qui ne survivra pas, c'est bien l'« essai à huit pattes » des examens ! (Pang Tianchi).

45

On connaît à la rigueur des moines poètes mais un taoïste poète est aussi rare qu'un bruit de pas dans un vallon désert. Pourquoi ?

Il n'est pas difficile de trouver un moine capable d'écrire un poème, l'ennui est qu'ils ne comprennent rien au bouddhisme. (Bi Youwan)

Le taoïsme est la dernière des trois doctrines, il est normal qu'il regroupe les hommes les plus obtus, comment seraient-ils poètes ? La poésie du taoïste Lumière de l'empereur jaune n'est belle que citée par le poète Han Yu[1]. *(Gu Tianyou)*

Les moines pensent d'abord à leurs intérêts et à la poésie ensuite. (You Jinyong)

Ce que je regrette surtout, c'est que les taoïstes ne sachent plus pratiquer l'art de longue vie en ne mangeant pas de céréales. (Ni Yongqing)

1. (768-824).

46

Être, si l'on est une fleur, l'hémérocallis qui fait oublier les chagrins ; ne pas être, si l'on est un oiseau, le coucou qui verse des larmes de sang quand il chante.

47

On ne peut détester aucun être tant qu'il est jeune, sauf les ânes.

On peut les détester tous quand ils sont vieux, sauf les pins et les pruniers. (Huang Luesi)

Permettez à l'amateur passionné d'ânes de ne pas les détester ! (Ni Yongqing)

48

Durant une dizaine d'années, de quinze à vingt-cinq ans environ, qu'elles soient du nord ou du sud, les femmes ont en général une voix charmante. Mais à les regarder on constate qu'elles ne sont pas toutes belles. Là, c'est bien vrai, il est, comme on dit, plus sûr de voir que d'entendre.

J'ai toujours cherché à compenser ma mauvaise vue par une oreille fine. Je constate une fois de plus la pertinence de vos propos. (Wu Deweng)

On s'en rend compte aussi avec une prostituée qui vous attire de derrière son rideau. (Jiang Hanzheng)

Si l'on a chez soi une jeune servante très laide, pourquoi ne pas lui ordonner de parler à travers un écran et de vous servir au lit une fois les bougies éteintes ? (Zhang Zhupo)

Et que faire si l'on rencontre une femme ravissante à la voix discordante ? (Ni Yongqing)

49

Si l'on recherche le bonheur il faut apprendre à devenir un Immortel *(taoïste)*. Si l'on veut éviter la souffrance il faut suivre l'exemple du Bouddha ; car pour les bouddhistes le « monde de la félicité suprême » est celui que la souffrance n'atteint pas.

On connaît la souffrance, certes, lorsqu'on se fraie un chemin entre des épines qui déchirent les vêtements. Mais on ne marche pas non plus sur une route fleurie dans la pauvre robe du moine. (Jiang Hanzheng)

Si l'on ne connaît que le vide on n'obtient que le vide et ne peut dire si c'est de la souffrance ou de la joie. Mieux vaut donc se tourner vers le bouddhisme que vouloir devenir un Immortel. (Lu Yunshi)

50

Mieux vaut être misérable et sans soucis que prospère et surmené. Mieux vaut être prospère et modeste que misérable et orgueilleux.

On peut bien être modeste si l'on est prospère et sans soucis. (Cao Shi'an)

Et sans soucis si l'on est prospère et modeste. (Xu Shiliu)

On a des chances de rester prospère si l'on est modeste et sans soucis. (Zhang Zhupo)

Sans soucis, on risque d'être orgueilleux ; surmené, on ne peut qu'être modeste. (Zhang Qian'an)

51

Nos yeux ne se voient pas, notre nez ne se sent pas, notre langue ne se goûte pas, nos mains ne se contiennent pas mais nos oreilles s'entendent quand notre voix y résonne.

Ne sais-tu donc pas que « quand l'esprit est ailleurs on écoute sans entendre » ? Tu veux nous donner des illusions, mon frère ! (Mushan)

L'esprit peut se faire confiance à lui-même. (Zhang Zhupo)

Un moine de jadis a dit « Si les sourcils et les yeux ne se connaissent pas, c'est qu'ils sont trop proches. » (Le moine Shi'ang)

52

Tous les sons doivent être entendus de loin ; seule la cithare peut s'écouter de loin comme de près.

Le vent dans les pins, les cascades, la flûte, les marées, la lecture à voix haute, les cloches, la récitation de soutras, autant de sons qu'il faut entendre de loin. Seules la cithare, la poésie chantée, la neige qui tombe ont des rythmes et des accents si subtils qu'on en perd tout à moins d'être tout près. (Wang Mingyou)

Toutes les couleurs doivent être regardées de près, seules les teintes des montagnes peuvent être vues de près comme de loin. (Pang Tianchi)

53

Celui qui ne sait pas lire est encore plus misérable qu'un aveugle. Celui qui ne sait pas tenir un pinceau est encore plus misérable qu'un muet.

Seriez-vous le seul à ignorer que, de nos jours, ceux qui ne savent ni lire ni écrire sont encore plus heureux que ceux qui ne sont ni aveugles ni muets ? (Chen Huoshan)

54

Écrire un poème avec un ami, tête contre tête ; composer un essai avec un familier, épaule contre épaule ; rédiger un décret, en poste à la Cour ; être envoyé en mission dans un pays vassal : autant d'heureux moments dans la vie.

Trouve-t-on le temps d'écrire des poèmes ou des essais lorsqu'on est en tête-à-tête avec un ami ? (Di Liren)

Ce n'est pas toujours de tout repos d'être en mission dans un pays vassal. (Wang Danci)

Voilà qui console des récits sur le thème « la vie est un songe ». (Sun Songping)

Les tête-à-tête avec un ami comme les poèmes et les essais sont des choses plaisantes. C'est aussi merveilleux de les savourer en même temps que de réunir deux nuits en une, car la joie d'un instant y est supérieure à celle de tout un jour. (Zhang Zhupo)

Je crains même que cela n'excite la jalousie du ciel. (Shen Qizhang)

55

Dans le roman *Au bord de l'eau* Wu Song, ivre, demande pourquoi Jiang Menshen ne s'appelle pas Li (Prunier). Cette question a sa pertinence, il y a des patronymes élégants comme Liu (Saule), Yun (Nuage)... et d'autres déplaisants à l'œil comme à l'oreille, comme Mao (Poil), Niu (Bœuf)...

Pourquoi ne vous appelez-vous pas Li vous-même? (Xian Weiqiu)

J'ai entendu parler de Li devenu Zhang mais non du contraire. (Zhang Zhupo)

56

Il y a des fleurs que l'on peut aussi bien regarder que sentir, comme le prunus, le chrysanthème, l'orchidée, le narcisse, le chlorantus. Il y a celles qu'il ne faut que sentir, comme le cédrat, le cannelier, le daphné, le gardénia, le jasmin, la rose, le chimonanthe. Les autres sont à regarder seulement. Il y a des fleurs dont les feuilles sont tout aussi belles, comme le bégonia avant tout, puis le lotus, le pommier sauvage, le framboisier à feuilles de roses, le pavot. Quant aux fleurs dont les feuilles sont encore plus belles, il y a juste l'amarante et le balisier. Quelques-unes ne sont remarquables ni par leurs corolles ni par leurs feuilles, comme le lagerstrôme ou le magnolia.

Xinzhai peut être reçu en audience par les fleurs. (Zhou Xingyan)

Une simple feuille qui l'emporte sur toutes les fleurs, tel est l'honnête homme. (Zhang Zhupo)

57

S'il est vrai, comme on le dit, que ceux qui tiennent de nobles discours sur la vie d'ermite ne savent souvent pas traiter des affaires publiques, il faut cesser de lire les anciens historiens car ils parlent d'ermites influents sur la politique de leur temps.

Ces beaux parleurs sont certainement de faux ermites. Car ceux qui se cachent vraiment sont les plus subtils conseillers politiques. (Zhang Zhupo)

58

Les nuages s'échelonnent comme des montagnes ou se bousculent comme des vagues, prennent des formes humaines ou animales, ont l'air de plumes ou d'écailles. Il n'est rien au monde d'impossible à représenter si ce n'est un nuage. Parler de peinture de nuages est un abus de langage.

Il n'est pas dans l'Empire de fonction impossible à assumer sauf celle d'instructeur, qui vous exile aux frontières. (He Weizong)

Les nuages ont un endroit et un envers, une face yin et une face yang, un dedans et un dehors. Quand on les observe au soleil on distingue leur côté lumineux et leur côté obscur. Je savais qu'il n'y a pas un bon peintre de nuages mais j'ignorais qu'on pût capter l'ombre d'un rêve. (Zhang Zhupo)

59

Vivre dans un monde en paix, entre monts et lac, dans une région bien administrée, avoir ce qu'il faut en abondance, une épouse bonne et avisée et des fils intelligents, n'est-ce pas là le bonheur parfait ?

Mais ce serait une insulte à la création qu'un rustre imbécile en profite. (Xu Xiaolin)

Il arrive qu'on lui joue de ces mauvais tours. (Jiang Hewei)

Cette évocation du bonheur fait toujours plaisir, de même que ce peut déjà être une consolation de mâcher la bouche vide devant une échoppe de boucher. (Wu Daiguan)

La sagesse et la vertu ne seraient pas le bonheur parfait sans les honneurs et la longévité. (Li Liyuan)

60

La confection des bibelots et autres amusements est de jour en jour plus perfectionnée tandis que leur valeur diminue. Il ne faut pas s'étonner que le peuple s'appauvrisse.

C'est parce que le peuple est pauvre qu'il travaille de mieux en mieux pour un gain de plus en plus médiocre. L'accepterait-il s'il n'était pas si pauvre ? (Zhang Zhupo)

61

Un vase doit avoir une forme et des dimensions accordées aux fleurs qu'on y dispose. Mais ses couleurs et leurs nuances doivent contraster avec celles des fleurs.

Voilà qui comble les lacunes de « L'arrangement des fleurs » de Yuan Hongdao[1]*. (Cheng Muqian)*

Cela devrait encourager les plus illustres fleurs à accepter de quitter leur terre d'origine pour embellir une table. (Zhang Zhupo)

Il faut bien connaître les contraires si l'on veut les mettre en accord. (Wang Micao)

1. 1568-1610, célèbre pour ses proses brèves. Ce genre de traités est courant à l'époque.

62

Une pluie de printemps est l'annonce d'une faveur. Une pluie d'été est un édit de grâce. Une pluie d'automne est un chant funèbre.

J'ai toujours vécu dans la gêne et j'aimerais bien qu'une pluie d'été fût une chute de riz. (Zhang Xieshi)

Une pluie d'édits de grâce n'a pas que du bon. (Zhang Zhupo)

63

Enfant prodige à dix ans, lettré de talent à vingt et trente ans, ministre réputé à quarante et cinquante ans, adepte de l'immortalité à soixante ans, tel est l'homme accompli.

Est-ce possible ? Certes, l'enfant prodige porte le germe de l'immortalité mais il risque fort de s'enliser dans ses succès entre ces deux étapes. (Jiang Hanzheng)

Qui n'aurait envie de parvenir à un si rare bonheur ? (Yang Shengzao)

On est un enfant prodige ou un lettré de talent grâce à un don inné ; mais on est ministre par la volonté d'un souverain et immortel par celle du ciel, ce n'est jamais certain. (Zhang Zhupo)

Soixante ans me semble un peu tôt pour cultiver l'immortalité. (Gu Tianshi)

64

Si un soldat n'est pas belliqueux, c'est qu'il y a en lui le germe d'un lettré. Si un lettré n'est pas sclérosé c'est qu'il y a en lui l'amorce d'un soldat.

Il y a de nos jours beaucoup de lettrés qui ne sont pas sclérosés et Xinzhai est du nombre. (Mei Dingjiu)

Pourquoi ne pas dire carrément que Xinzhai est un soldat ? Je plaisante, bien sûr. (Gu Tianshi)

Un authentique lettré n'est pas sclérosé. (Wang Sizhi)

65

Lorsqu'un lettré traite d'affaires militaires il parle presque toujours comme un stratège en chambre. Lorsqu'un général disserte sur des problèmes littéraires il ne fait bien souvent que répéter comme un perroquet.

De nos jours bien souvent les généraux traitent d'affaires militaires comme des stratèges en chambre et les lettrés dissertent sur les problèmes littéraires en répétant comme un perroquet. (Wu Jienan)

66

On ne peut admirer une calligraphie sur une feuille d'album que s'il s'agit : un, d'un beau poème, deux, d'une inscription originale, trois, d'un modèle parfait.

Ces dernières années de nombreux lettrés s'y sont fait une réputation mais je ne sais s'ils sont de ceux que Xinzhai admire. (Min Binlian)

67

Le sentiment n'atteint à l'authentique que lorsqu'il est proche de la folie. Le talent ne confine au sublime que lorsqu'il s'allie à l'enthousiasme.

C'est un homme au sentiment fort et au talent vrai qui s'exprime ainsi. (Lu Yunshi)

Seul un Xinzhai peut allier le talent à l'enthousiasme. (Gu Tianshi)

Je peux allier la folie au sentiment mais hélas pas l'enthousiasme au talent. (You Huizhu)

68

Bien des fleurs aux couleurs éclatantes ne sont pas très parfumées. Bien des fleurs aux pétales abondants ne sont pas très résistantes. Que la perfection est difficile à atteindre ! Seul le lotus y parvient.

Pétales, feuilles, racines, fruits, tout cela c'est du vide, ne correspond à rien de nécessaire. Le lotus possède sa propre vertu. (Yin Rijie)

Le lotus se flétrit facilement. Il connaît la perfection mais non le bonheur. (Guan Yu)

Le bonheur pour moi serait que les litchis aient de belles fleurs et que les pivoines portent de bons fruits. (Wang Danlu)

La perfection est redoutable. Ce n'est pas pour rien que l'on compare un être noble au lotus. (You Jinyong)

69

Écrire un livre nouveau c'est œuvrer pour mille ans. Commenter un livre ancien c'est éclairer dix mille générations.

C'est une chose des plus difficiles que commenter un livre. Il faut chercher le général dans le particulier et déceler tout ce que l'auteur a voulu dire. (Huang Jiaosan)

Non, ce n'est pas difficile, si le ciel vous accorde calme et loisir. Ce qui est difficile c'est de trouver le temps et le lieu pour cela. (Zhang Zhupo)

70

Engager un maître célèbre comme précepteur pour ses fils ; se retirer sur une montagne célèbre pour préparer les concours mandarinaux ; payer un lettré célèbre pour écrire sous votre nom : autant de comportements contre nature.

C'est qu'on ne pense qu'à la célébrité sans se préoccuper de savoir comment on se comporte. (Chen Kangchou)

Et qu'est-ce que la célébrité, de nos jours ? (Yin Rijie)

71

On compose des caractères avec des traits, des phrases avec ces caractères, des textes avec ces phrases. C'est ce qui s'appelle écrire. Les genres se sont multipliés avec le temps, jusqu'à l'apparition de l'essai dit à « huit jambes » : prose ancienne, poésie régulière, poème en prose, poème chanté, théâtre, notes, récits, sont comme sortis du néant alors que rien ne le présageait et se sont imposés comme indispensables. La dynastie des Ming n'a créé aucun genre nouveau, mais il viendra certainement un créateur, même s'il faut attendre cent ans ou plus. Malheureusement, nous ne le verrons pas.

Bien des choses dépendent de nos désirs. Avec ces réflexions Xinzhai est peut-être venu au monde pour créer une nouvelle figure de lettré. Malheureusement ses contemporains l'ignorent. (Chen Kangchou)

Il faudrait une création qui s'impose comme une tradition. (Chan Huoshan)

J'ai lu un recueil de Xinzhai où il s'inspire des classiques pour des poèmes tous merveilleux. Ce propos pourrait leur servir d'auto-préface. (Sun Kaisi)

Quand on est aussi lucide on est certainement capable d'innover. Je guette la venue d'un genre nouveau. (Zhuang Zhupo)

72

Un nuage se met à chatoyer sous l'éclat du couchant. Une source se transforme en cascade sur l'à-pic d'un rocher. Tout change au gré des circonstances. C'est pourquoi il faut tant apprécier l'amitié véritable.

Il n'y a pas de nuage chatoyant sans soleil couchant ni de cascade sans rocher à pic. C'est pourquoi il faut choisir ses amis avec soin. (Zhang Zhupo)

73

J'ai toujours envie de m'inspirer des grands écrivains que j'aime et admire. Mais je préfère ne pas m'inspirer des auteurs en vogue. Car si l'on échoue en s'inspirant d'un grand écrivain, on « dessine un canard au lieu d'un cygne »[1]. Mais si l'on échoue en s'inspirant d'un auteur en vogue, on « dessine un chien au lieu d'un tigre »[2].

Pour moi c'est différent, je ne déteste rien tant que les grands écrivains. (Huang Juqiao)

Si l'on ne peut pas franchir leur porte d'entrée, on peut encore moins pénétrer dans leur chambre la plus secrète et on ne comprend qu'à travers un mur. (Yin Rijie)

De nos jours, il suffit d'assimiler une ou deux phrases d'un auteur en vogue pour se prétendre un grand écrivain. (Zhang Zhupo)

1. Passe encore. - 2. C'est ridicule.

74

On accède à la méditation par le renoncement et à la sagesse par la méditation. L'effort devient peu à peu spontanéité. On affine ses humeurs pour transformer son souffle, on affine son souffle pour transformer son esprit. Et l'on finit par être vide et pur.

Tout cela est inspiré du taoïsme et du bouddhisme ; mais nous autres confucéens ne disons pas autre chose. (Yuan Zhongjian)

On y retrouve la quintessence du Lengyan et du Cantongqi[1]*. (Lu Yunshi)*

Un propos banal qui contient pourtant toute la morale. (You Hui'an)

1. Le soutra *Surangama* et un classique du taoïsme, de Wei Boyang.

75

Le sud, le nord, l'est et l'ouest ont des positions fixes ; le devant et le derrière, la gauche et la droite n'en ont pas.

On dit que si le ciel et la terre, le jour et la nuit se mettaient à tourner, les points cardinaux n'auraient plus de positions fixes. Peut-être en auraient-ils dans l'univers qui est au-delà de l'univers ? (Zhang Zhupo)

76

J'ai déjà dit qu'il ne fallait pas attaquer le taoïsme et le bouddhisme et parler de supprimer leurs asiles. Lorsque nous nous promenons dans de beaux paysages notre plaisir nous entraîne parfois très loin ; que ferions-nous s'il n'y avait pas de monastères pour nous accueillir quand nous sommes fatigués et affamés ? Les pins nous protégeraient-ils des orages ? Nos randonnées durent souvent plus d'une journée, allons-nous passer la nuit à la belle étoile, livrés à l'hospitalité des tigres et des serpents ? S'il y avait partout un propriétaire, nous permettrait-il d'explorer et d'admirer sans demander la permission ? En général, ce qui appartient à l'un excite la convoitise de l'autre et est source de litiges. Si les descendants sont trop pauvres pour entretenir les biens légués par leurs ancêtres, ces tristes ruines enlaidissent le paysage. Et ne parlons pas seulement de la nature, dans les villes aussi, avec leurs dédales de rues, les monastères sont tout aussi nécessaires ; un : ils offrent une halte aux promeneurs ; deux : ils assurent le gîte aux voyageurs ; trois : ils servent du thé en été, de la soupe de gingembre en hiver, ils secourent les commis et les portefaix. Voilà quelques considérations pratiques qui n'ont rien à voir avec les théories de la rétribution.

Ces considérations sont le fait, je suppose, d'un généreux donateur. (Le moine Zhongzhou)

Tout cela est parfait. Mais pourquoi admettre la lecture des soutras lors des deuils ou la prédiction des événements fastes, les portraits rehaussés d'or, les statues de bronze, les monastères somptueux comme des palais, les cloches et tambours, les discours sur la rétribution. Cela d'ailleurs ne les empêche pas de boire du vin et consommer de la viande, d'avoir femme et enfants. (Zhang Zhupo)

Le ciel et la terre se fâchent environ tous les cinquante ans et il y a alors des troubles, des famines et des épidémies ; puis ils se calment. C'est ainsi que depuis les temps anciens, les périodes de calme et de désordre alternent. Depuis l'introduction du bouddhisme certains se rasent la tête et quittent leur famille sans laisser de descendance. Sans doute que le ciel et la terre se servent du bouddhisme pour contrôler leur colère. Depuis quelques siècles le nombre des crânes rasés augmente et celui des bandits armés diminue. Le bouddhisme n'est donc pas sans mérites envers le ciel et la terre, à plus forte raison envers l'humanité. (Shi Tianwei)

77

Même sans être un bon calligraphe, on ne peut se passer de pinceaux et de pierres à encre de qualité. Même sans être médecin, on ne peut se dispenser d'avoir quelques remèdes efficaces. Même sans être habile aux échecs, on ne peut pas ne pas posséder un échiquier.

Même si l'on ne tient pas l'alcool on ne peut pas ne pas en avoir en provision. Sinon Su Dongpo ne serait pas Su Dongpo[1]. *(Jiang Hanzheng)*

Même si l'on ne s'y intéresse guère, on ne peut pas ne pas entretenir chez soi de belles femmes et de jolis garçons. (Gu Tianshi)

Même si l'on ne sait pas manier les armes, on ne peut pas ne pas exhiber un arc et des flèches. (Bi Youwan)

1. Grand poète du XIe siècle ; allusion à sa *Falaise rouge* : « Comment passer sans vin une si belle nuit ?... Mon épouse, heureusement, en avait en réserve . »

78

Un bouddhiste n'est pas obligé de s'abstenir d'alcool mais il doit absolument se garder de toute pensée vulgaire. Une femme n'est pas obligée de s'y connaître en littérature mais elle doit absolument avoir du charme.

Que donnerait la rencontre d'un bouddhiste qui ne s'abstient pas d'alcool et d'une femme qui n'entend rien à la littérature ? (Zhu Qigong)

Je ne peux pas boire mais je m'abstiens de fréquenter un bouddhiste même s'il ne boit pas, pas plus que je ne tiens à approcher une femme qui n'a pas de charme. (Chen Dingjiu)

Ces propos d'un lettré distingué m'autorisent à boire tout mon saoul. (Le moine Fucun)

Ce que les bouddhistes pourraient faire de mieux, c'est de s'abstenir d'extorquer de l'argent pour la réincarnation. (Ton frère Dongyou)

79

Près d'un prunier il faut des pierres polies par le temps ; sous un pin, des pierres aux formes frustes ; à côté de bambous des pierres élancées ; dans un jardin en miniature des pierres d'un travail délicat.

Cette classification des pierres est aussi rigoureuse que celle des neuf grades de fonctionnaires. (Zhou Xingyuan)

Le choix de leur emplacement témoigne d'une grande sensibilité. (Le moine Zhongzhou)

80

Il faut se discipliner soi-même avec la sévérité de l'automne. Il faut se comporter envers les autres avec la douceur du printemps.

C'est être bienveillant et impartial, sans agressivité partisane, comme l'honnête homme (selon Confucius). (Sun Songqiu)

Cela réunit en une seule personne Bo Yi et Liu Xiahui [1], j'aimerais tirer profit d'un tel enseignement. (Hu Jingfu)

C'est une critique déguisée. (You Hui'an)

1. Modèles d'intégrité et de tolérance de l'antiquité.

81

Qui n'aime pas être bousculé lors de la récolte des fermages doit payer les taxes avec d'autant plus de célérité. Qui aime entendre des moines parler de *chan* ne peut se dispenser de faire souvent l'aumône.

Remarquable définition de la situation effective des lettrés retirés et de l'espoir secret des moines. (Le moine Zhongzhou)

Je ne sais pas parler du chan aussi n'oserais-je pas

espérer d'aumône ; je me contente de « vendre les paysages que je peins dans mon oisiveté »[1]. (Xia Zunzhe)

1. Citation de Tang Yin (1470-1523).

82

On croit avoir l'oreille faite différemment selon que l'on entend une cithare sous un pin, une flûte au clair de lune, une cascade dans une gorge ou des litanies bouddhiques dans la montagne.

Cette différence est difficile à expliquer à ceux qui ne l'ont pas comprise depuis toujours. (Zhang Zhupo)

Il faut l'avoir comprise pour jouir d'une écoute aussi pure. (Ni Yongqing)

83

Sous un beau clair de lune, une méditation *chan* a une résonance plus ample, un débat stratégique prend des accents plus héroïques, une discussion poétique revêt un charme plus subtil, la compagnie d'une belle femme inspire des sentiments plus profonds.

Qu'en est-il lorsqu'on assiste à un banquet dans une chaleur moite, passe des examens par un temps glacial ou rencontre un pédant sous une pluie sinistre ? (Yuan Shidan)

84

Il y a des paysages réels, des paysages peints, des paysages rêvés, des paysages imaginés. La beauté des paysages réels tient à l'intensité de leurs reliefs, celle des paysages peints aux nuances de l'encre, celle des paysages rêvés à leur imprévisible mystère, celle des paysages imaginés à leur conformité à nos désirs.

La beauté de ce livre est celle d'un paysage rêvé. (Zhou Xingyuan)

L'imprévisible mystère d'un paysage littéraire est encore plus inexprimable. (Yin Rijie)

Seul un visage ne peut être un paysage. (Jiang Hanzheng)

Pour moi, au fond de mon trou, plus de paysage quel qu'il soit. (Yu Xiangzu)

85

Si l'on fait des projets pour un jour, il faut planter un bananier ; pour un an, un bambou ; pour dix ans, un saule ; pour cent ans, un pin.

Si l'on fait des projets pour mille ans, il faut écrire un livre. (Zhou Xingyuan)

Et si c'est pour cent âges du monde, il faut cultiver la vertu. (Zhang Zhupo)

86

Une pluie de printemps convient à la lecture, une pluie d'été au jeu d'échecs, une pluie d'automne à l'examen de ses calligraphies et peintures, une pluie d'hiver à quelques coupes de vin.

Des quatre saisons, c'est en automne que la pluie est la plus déplaisante à entendre. Mais quel que soit le moment il est bon de boire en l'entendant. (Zhou Xingyuan)

87

Pour être admirables, la poésie et la prose doivent avoir une tonalité automnale, les chansons et les ballades une tonalité printanière.

Certaines mélodies sont tristes, le chagrin doit aussi s'exprimer ainsi. (Jiang Hanzheng)

La poésie de Tao Yuanming et la prose de Ouyang Xiu, si belles, ont parfois une tonalité printanière. (Yin Rijie)

88

Il ne faut pas vouloir à tout prix qu'une calligraphie soit irréprochable, sauf si elle est tracée sur une belle soie blanche ; ni qu'un recueil de lecture soit parfait, sauf si c'est un manuel ; ni qu'un paysage soit sublime, sauf si l'on désire y demeurer.

Il ne faut pas vouloir à tout prix qu'une femme de rencontre soit belle, sauf si l'on veut en faire une concubine. (Mao Pijiang)

À voir la tenue de la maison de quelqu'un on connaît l'état de sa fortune. (Ni Yonqing)

Il faut vouloir ce qu'il convient de vouloir et non ce qui n'est pas indispensable. (Wang Sizhi)

89

Les hommes ne sont pas tous des sages et ils ne sont pas omniscients. Les meilleurs sont ceux qui en savent un peu mais déplorent que ce soit si peu et cherchent à en savoir plus. Viennent ensuite ceux qui en savent un peu mais ne cherchent à en savoir un peu plus que si on les y incite. Puis il y a ceux qui en savent un peu mais refusent de croire ceux qui leur disent qu'il y a autre chose à savoir. Et les pires sont ceux qui en savent un peu mais en veulent à ceux qui leur disent qu'on peut en savoir un peu plus.

Une vaste expérience aiguise l'esprit. C'est pourquoi Xinzhai comprend si bien la connaissance. (Zhou Xingyuan)

Je suis surpris de retrouver la sapience des grands sages du passé dans ce genre de « propos détachés ». (Ni Yongqing)

90

Ce que les historiens nous montrent, c'est un monde qui se déroule à la verticale. Ce que les géographes nous montrent, c'est un monde qui se déploie à l'horizontale.

Ce que les mandarins gouvernent, c'est un monde bancal. (Yuan Zhongjiang)

Ce que voit le pèlerin qui parcourt l'Empire, c'est un monde chaotique. (You Hui'an)

Je me suis toujours demandé où sont les fondations du paradis céleste et les cheminées de l'enfer souterrain. Nous ne comprenons pas tout de ce monde. (Gu Tianshi)

91

La première disposition des trigrammes en donne une vue verticale : la seconde, une vue horizontale [1].

Horizontal ou vertical, pas moyen d'y voir quelque chose. (Wu Jienan)

Mieux vaut ne pas chercher à voir plus loin. (Qian Mutian)

1. Les huit trigrammes dont les combinaisons donnent les 64 hexagrammes du *Yi King*. La première classification est dite de Fuxi, la seconde du roi Wen.

92

Il est plus facile d'amasser des livres que d'être capable de les lire. Il est plus facile de lire sans but que d'en tirer un enseignement. Il est plus facile d'en tirer un enseignement que de savoir le mettre en pratique. Et tout cela est plus facile que de bien retenir ce qu'on a lu.

Xinzhai place la capacité de retenir plus haut que celle de mettre en pratique. Je pense qu'il n'est pas si utile de s'appliquer à mémoriser : bien des gens retiennent sans pouvoir mettre en pratique ! (Hong Quwu)

Le véritable lecteur est celui qui sait aussi bien retenir que mettre en pratique. (Wang Duanren)

Il est difficile de retenir mais encore plus d'agir. (Zhang Zhupo)

93

Il est facile de trouver une entente parfaite avec un ami, difficile avec une épouse ou une concubine, presque impossible avec un puissant.

Il est facile de trouver l'entente parfaite avec une concubine, difficile avec une épouse et encore plus avec une épouse doublée d'une concubine. (Wang Mingyou)

Il est difficile aussi de la trouver avec un frère. (Zhang Zhupo)

Par contre, cela est facile avec les esprits. (Jiang Hanzheng)

94

Qu'est-ce qu'un homme bon ? Celui qui ne nuit pas au monde. Qu'est-ce qu'un méchant ? Celui qui est nuisible au monde.

Il y a aussi celui qui nuit au monde en briguant la réputation d'un homme de bien, qui dissimule son appétit du gain sous des airs magnanimes ; c'est le pire de tous. (Jiang Hanzheng)

95

Ce qui fait le bonheur : avoir le temps de lire, pouvoir aider les autres, être assez cultivé pour écrire, ne pas être troublé par les dissensions, avoir des amis expérimentés et sincères.

Je n'ai qu'une vague idée du bonheur ; et quand je le poursuis je suis aussitôt réveillé en sursaut. (Yin Rijie)

Nous pouvons le rechercher pour ce qui dépend de nous, non pour ce qui dépend des autres. (Yang Shengzao)

Seul Xinzhai a tout ce qui fait le bonheur. (Wang Danlu)

C'est parfait d'avoir ces cinq ingrédients du bonheur mais on ne peut considérer comme un malheur de n'en avoir que la moitié. (Li Shuiqiao)

Les hommes riches et célèbres écartent les amis sincères ; Xinzhai fait exception. (Ni Yongqing)

96

L'homme n'est jamais aussi heureux que lorsqu'il a du loisir. Mais cela ne signifie pas qu'il y soit oisif. Le loisir est ce qui permet de lire, de visiter de beaux sites, de se faire des amis, de boire et d'écrire. Peut-on être plus heureux en ce monde ?

Certes, à condition de ne pas succomber sous toutes ces occupations ! (Chen Haoshan)

Pour parvenir au loisir il faut en trouver le temps ! (Huang Jiaosan)

Les anciens disaient que le temps du loisir doit être volé au temps de travail. Si le loisir est une chose qui se vole, cela donne une raison morale aux voleurs. (You Hui'an)

Le loisir est chose rare et seules ces cinq occupations sont dignes de lui. (Li Ruojin)

97

Un texte est un paysage inscrit sur le papier. Un paysage est un texte inscrit sur la terre.

Il faut pour cela que le texte soit lumineux et que le paysage soit structuré. (Li Shengxu)

98

Le classement des rimes selon les quatre tons[1] a ses raisons... Mais certaines associations de rimes font penser à un couple formé par une veuve et un vieux garçon... Pour les rimes, se conformer à certaines règles, c'est comme violer une femme... ou donner deux époux à la même femme...

1. Ceux de la prosodie classique. Ce propos, incompréhensible pour le non-spécialiste et parfois supprimé, a été abrégé.

99

Romans : *Au bord de l'eau* est un livre de colère, *la Pérégrination vers l'Ouest* est un livre d'éveil, *Fleurs en fiole d'or* est un livre d'amertume[1].

Ceux qui refusent de lire Fleurs en fiole d'or *(Jinpingmei) sous prétexte que c'est licencieux font penser à ceux qui aiment le poète Su Songpo parce qu'ils aiment le « porc à la Su Dongpo ». (Jiang Hanzheng)*

L'ombre d'un rêve *est un livre de bonheur. (Yin Rijie)*

Ou plutôt un livre de séduction. (Zhu Qigong)[1]

1. On connaît ces trois romans célèbres (et traduits) du XVIe siècle. Zhang Zhupo, qui commente souvent ces propos, a écrit un important commentaire sur le *Jinpingmei.*

100

La lecture est une occupation délectable. Même si les livres d'histoire offrent plus de sujets d'affliction que de joie, à y bien réfléchir les premiers ont aussi des aspects réjouissants.

La lecture la plus délectable est celle qui fait oublier à la fois la joie et l'affliction. (Zhang Zhupo)

En lisant la Chronique des Trois royaumes *tout le monde frémit pour Liu Bei (le prétendant légitime à l'Empire). En lisant l'*Histoire des Song du sud, *tout le monde s'afflige pour Yue Fei (livré par trahison). Mais on ne voit pas que ces sujets d'affliction ont aussi de quoi réjouir ; seuls les vrais connaisseurs de l'histoire savent qu'on peut à la fois s'affliger et se réjouir. (Lu Yunshi)*

101

Seul un grand livre formule des pensées que personne n'a formulées auparavant. Seul un véritable ami exprime des sentiments que même une épouse saurait difficilement exprimer.

Ce propos témoigne du talent d'écrivain de Xinzhai. (Sun Kaisi)

J'ai plus d'un grand livre, pourquoi ne veut-on pas les lire ? (Bi Youwan)

L'ombre d'un rêve *formule des pensées jamais formulées et exprime des sentiments difficiles à exprimer. On peut s'en servir de dédicace si l'on a honte de dire des platitudes. (Lu Yunshi)*

102

Chacun de nous doit avoir un ami intime. Même sans serments à la vie et à la mort, c'est quelqu'un à qui l'on peut se fier à des milliers de *li* de distance, qui ne se laisse pas influencer par les ragots, qui, s'il entend des calomnies, cherche à les dissiper par tous les moyens, qui s'occupe de vos affaires, prend des décisions et peut-être, si c'est nécessaire, paye de sa personne ou de sa fortune. Et tout cela sans qu'on ait à s'interroger sur l'honnêteté de ses intentions. Voilà ce que j'appelle un ami intime.

La dernière phrase est la plus éloquente. On croit voir l'homme en personne. (Yin Rijie)

Combien d'amis pareils trouve-t-on en toute une vie ? J'aimerais bien avoir Xinzhai pour ami ! (Shi Tianwai)

103

L'homme doué qui trouve en lui-même sa récompense recherche les fleurs et les oiseaux pour compagnons. L'homme vrai qui ne se soucie pas d'être connu reçoit sa subsistance des nuages irisés.

Su Dongpo a écrit : « À ce moment on a l'impression de penser alors qu'on ne pense à rien. » (Jiang Hanzheng)

104

On peut tout oublier sauf le désir de célébrité. Il est facile d'être indifférent à tout, sauf à quelques coupes de bon vin.

C'est rester bien conscient du charme de l'existence. (Zhang Zhupo)

Je puis être indifférent au meilleur vin car je ne le supporte pas. Par contre j'ai bien du mal à oublier le désir de célébrité. (Wang Danlu)

Je ne redoute qu'une triste célébrité. Ces paroles de Danlu sont profondément vraies. (Lu Yunshi)

105

La macre et le lotus sont comestibles et peuvent servir à faire du tissu. Le métal et la pierre peuvent être façonnés en objets et entrer dans des élixirs.

J'apprends ainsi que Zhou Dunyi[1] *ne s'intéressait qu'à la nourriture et aux vêtements. (Zhang Zhupo)*

Ceux qui de nos jours ne s'intéressent qu'à cela ressemblent-ils à Zhou Dunyi ? (Wang Sizhi)

1. 1017-1073, philosophe célèbre pour sa passion des lotus.

106

On a autant de plaisir à entendre qu'à voir jouer de la cithare ou de la flûte traversière. Mais s'il s'agit d'un orgue à bouche ou d'une flûte à bec, il est plus plaisant d'entendre sans voir.

On a du plaisir à voir une épouse belle et acariâtre, mais non à l'entendre. Il n'est pas plus plaisant de voir que d'entendre un jeune gandin à la conversation insipide. (Li Shengxu)

On a autant de plaisir à entendre qu'à voir une personne à l'air et aux propos patelins. (Pang Tianchi)

107

Il convient, pour assister à la toilette matinale d'une dame, d'attendre qu'elle se soit poudré le visage.

On se demande quel moment Xinzhai préconise pour la toilette du soir. (Yu Danxin)

On ne peut pas le dire, chut ! (Zhou Bingchi)

Je ne sais si une femme est déjà poudrée lorsqu'elle se coiffe derrière son rideau. (Huang Jiaosan)

Pour contempler un maquillage défraîchi mieux vaut avoir la vue brouillée par l'ivresse. (Pang Tianchi)

108

J'aimerais savoir si, dans une vie antérieure, j'ai connu la belle Xishi à l'époque des Printemps et des automnes, vu le sage et beau Wei Jie et bu jusqu'à l'ivresse avec le poète Tao Yuanming sous les Jin, contemplé la favorite impériale Yang Guifei sous les Tang, rencontré le poète Su Dongpo sous les Song. Je pourrais en évoquer beaucoup d'autres en explorant le passé mais me contente de ces quelques noms pour les représenter tous.

Même si vous avez fréquenté ces personnes dans vos vies antérieures vous l'avez oublié dans cette vie. (Yang Shengzao)

Peut-être même, mais on ne le saura jamais, avez-vous

été Tao Yuanming ou Su Dongpo. (Ji Bozi)

Pas seulement eux. Xinzhai ne dit-il pas qu'il aimerait renaître un jour incarné en une belle femme ? Comment savoir s'il n'a pas été Xishi ou Yang Guifei ? (Wang Mingyou)

Quelle indéfectible admiration pour le passé ! On n'a pas nécessairement des beautés pour épouses ou des lettrés illustres pour amis, surtout si on les cherche dans une vie antérieure. Xinzhai est par trop exalté. (Zheng Poshui)

J'ai écrit un poème qui dit : « Depuis qu'on écoute la parole du Bouddha on connaît le cycle des réincarnations. On a été un ancien sans savoir quel était alors son nom. Et si on le trouve mentionné dans l'histoire, on y voit celui d'un autre. » Je dis la même chose que Xinzhai avec moins de talent. (Lu Yunshi)

109

J'aimerais savoir, encore, si je n'ai pas, sous les ères Longqing et Wanli, fréquenté les maisons des courtisanes célèbres et plaisanté avec Meigong, Bohu, Ruoshi ou Chishui[1]. À qui le demander dans ce trop vaste monde ?

Nous le saurons une fois morts et alors les heureuses rencontres ne seront plus chimériques. Si chacun se réincarne en un personnage hors du commun, pourquoi pas moi ? (Jiang Hanzheng)

De tels sentiments inspirent-ils encore des regrets au bout de cent ans ? Ma chance à moi est de fréquenter Xinzhai. (Gu Tianshi)

1. Règnes d'empereurs Ming, de 1567 à 1620 et noms personnels d'écrivains célèbres, Chen Jiru, Tang Yin, Tang Xianzu et Tu Long.

110

Un texte[1] est une broderie avec des mots. Une broderie est un texte sans mots. Les deux ont une commune origine. Même si ce rapprochement est un peu superficiel, on sait que les villes de Nankin, Hangzhou et Suzhou sont célèbres pour leurs écrivains et leurs bibliothèques comme pour leurs tapisseries et leurs broderies.

1. *Wen*, texte, littérature, signifie à l'origine lacis, dessin.

111

Des nombreux modèles de calligraphie que j'ai réunis [le meilleur] par le nombre de caractères utilisés dans des poèmes [est *les*] *Mille Caractères*[1] ; mais les poètes se plaignent que beaucoup de caractères souvent utilisés de nos jours n'y soient pas. C'est ainsi qu'on n'y trouve pas, pour le ciel, les caractères nuage du couchant et tempête de neige ; pour le temps, nuage de printemps et de l'aube au soir... S'il en est ainsi dans ce livre, à plus forte raison dans les autres.

Cela donnerait une poésie que l'on croirait conçue pour moi. (Huang Xianshang)

S'il contenait tout, les Mille Caractères *ne serait pas un livre unique. J'ai collectionné ailleurs autant de caractères qu'on ne peut plus utiliser, c'est encore plus unique. (Gu Tianshi)*

1. Recueil du VIe siècle groupant les caractères par quatre. Le propos a été abrégé.

112

Il ne faudrait pas voir une fleur tomber, la lune se coucher ou une belle femme mourir jeune.

Je crois que vous faites erreur. Si vous dites vrai, on devrait se réjouir de voir blanchir les cheveux et tomber les dents d'une belle femme. (Zhu Qigong)

113

Pour donner un sens à nos actes, sinon ils seraient vains, il faut voir épanouies les fleurs que l'on cultive, pleine la lune que l'on contemple, achevé le livre que l'on écrit, heureuse la femme que l'on trouve belle.

Ce propos et le précédent s'éclairent réciproquement. En effet mieux vaut voir une fleur épanouie que tombée. (Wang Pu'an)

114

« Hui Shi était si savant qu'il avait cinq chars pleins de livres. » Yu Qin a écrit son œuvre une fois tombé dans la misère [1]. On ne peut pas savoir ce que contenaient ces livres dont aucun n'a été transmis. Je ne puis me consoler de ne pas connaître les anciens.

J'imagine que ces livres devaient ressembler à l'Ombre d'un rêve. *(Wang Ziyuan)*

Si les livres des anciens n'avaient pas été brûlés par l'empereur des Qin (IIIe *s. av. J.-C.) on pourrait les rééditer et il n'y aurait pas de limites à notre savoir. Mais il n'est pas indispensable de penser toujours aux anciens si notre temps produit des livres tels que* l'Ombre d'un rêve. *(Gu Tianshi)*

Il y a des gens qui ont une réputation d'écrivain mais dont on ne connaît pas les livres, cela en fait autant de moins à critiquer. (Ni Yongqing)

Mon seul regret est que les anciens n'aient pu connaître Xinzhai. (Pang Tianchi)

1. Allusions à une anecdote du *Zhuangzi* et à un ministre de l'antiquité tombé dans l'adversité.

115

Des fleurs de pin pour nectar, des cônes de pin pour encens, des branches de pin pour chasse-mouches, l'ombre d'un pin pour dais, l'ondoiement des pins dans le vent pour musique, voilà ce dont jouit sans fin l'ermite retiré dans une forêt de grands pins.

Ne vous rappelez-vous pas avoir déploré que les pins soient envahis de fourmis ? (Shi Yushan)

S'il y en a, on peut toujours se proclamer roi des fourmis. (Jiang Hanzheng)

Assis sous un grand pin on se croirait dans un palais de cristal avec des vagues qui dansent à perte de vue au-dessus de vous, comme au pays des Immortels. (Shi Tianwai)

116

Il y a deux manières de contempler la lune : en levant les yeux lorsqu'elle est brillante, en les baissant lorsqu'elle est voilée.

Profonde parole de connaisseur. (Kong Dongtang)

117

Un enfant encore porté dans les bras ne sait rien ; ses yeux ne distinguent pas le beau du laid, ni ses oreilles l'aigu du sourd, ni son nez une bonne odeur d'une mauvaise. Mais il distingue fort bien le doux de l'amer et refuse de manger ce qu'il n'aime pas. Gaozi ne dit sans doute pas autre chose en affirmant que la nature humaine est ce qui porte à la gourmandise et au désir amoureux [1].

1. Allusion au classique confucéen Mencius (IIIe siècle av. J.-C.) qui estime que la nature humaine est bonne face à Gaozi pour qui elle n'est ni bonne ni mauvaise.

118

Il ne faut rien graver trop sérieusement dans sa tête, sauf les livres. Il ne faut rien amasser avec convoitise, sauf les livres. Il ne faut rien faire étourdiment, sauf le bien.

Supprimez une partie de la première phrase et gravez des livres que vous pourrez m'offrir. (Yu Danxin)

On peut être las de graver des livres, même cela est à supprimer. (Zhang Zhupo)

Ne pas faire le bien étourdiment, c'est le faire par ostentation. (Yang Shengzao)

119

On peut aimer le vin sans pour cela proférer des injures d'ivrogne. On peut aimer l'amour sans se délabrer la santé. On peut aimer l'argent sans en être aveuglé. On peut aimer l'ardeur sans outrepasser la raison.

Guanfu, aux colères d'ivrogne, Sima Xiangru, rongé par la tuberculose [1]*, Zu Ti, le mandarin kleptomane, Dame Liu et Han Yi enhardis par amour* [2] *n'ont pu réfréner leur nature exceptionnelle. (Yuan Zhongjian)*

1. Un général et un poète du IIe siècle av. J.-C. – 2. Allusion à un récit des Tang.

120

La célébrité littéraire peut tenir lieu de réussite aux examens, l'économie de fortune, le loisir de longévité.

Ceux qui seraient célèbres et lauréats aux examens, riches sans luxe insolent, très âgés et libres de leur temps vivraient comme sur les îles des Immortels. (Nie Jinren)

C'est un peu une consolation que se répète le lettré pauvre et sans emploi. Je me demande si c'est très efficace. (Fan Rushou)

Quand on est en paix et sans affaires, une journée en paraît deux et à soixante-dix ans on croit en avoir cent quarante. Voilà mon commentaire sur la dernière phrase. (Zheng Qingli)

C'est la tactique de retrait de Laozi. (Shi Tianwai)

J'ai toujours aimé voyager et me suis souvent attardé autant que je le pouvais dans de beaux paysages. Est-ce que cela vaut la joie de posséder un beau jardin ? J'aimerais connaître l'opinion de Xinzhai. (Gu Tianshi)

121

Ce n'est pas seulement en récitant leurs poèmes ou en lisant leur prose que l'on fréquente en amis les anciens [1]. Il y a aussi matière à le faire en contemplant leurs calligraphies et leurs peintures.

Si l'on pouvait aussi se lier d'amitié avec les autres anciens figurant dans leurs écrits et leurs peintures tout l'Empire des morts en pleurerait de joie. (Zhang Zhupo)

1. Idée empruntée au *Mencius,* classique confucéen.

122

Il n'est pas d'aumône plus vaine que celle d'un repas à un moine. Il n'est pas d'écrit plus vain que des vœux pour un anniversaire.

Il n'est pas de souci plus vain que de s'affliger de la pauvreté. Il n'est pas d'effort plus vain que la poursuite de la célébrité. (Zhang Zhupo)

Les écrits de circonstance sont-ils si vains s'ils sont rétribués ? (Duan Jiantang)

Il n'y aurait pas d'aumône moins vaine que de m'offrir quelques pages supplémentaires de l'Ombre d'un rêve. *(Pang Tianchi)*

123

Une belle concubine ne vaut pas une épouse avisée. Une riche fortune ne vaut pas une vie tranquille.

C'est-à-dire qu'il faut toujours chercher à en avoir plus. Comment garder chez soi une belle concubine si l'on n'a pas une épouse avisée ? Comment mener une vie tranquille sans fortune ? (Zhang Zhupo)

Non, on ne peut sans doute pas avoir les deux à la fois, il faut choisir. Il y a en ce monde bien des riches qui n'ont pas une vie tranquille. (Zhang Qian'an)

124

Mieux vaut réparer un vieux temple que construire un nouveau monastère. Mieux vaut revenir sur d'anciennes lectures qu'étudier des œuvres inconnues.

Ce sont les propos d'un vrai lecteur qui a lu des milliers de volumes et relu certains plusieurs fois. (Zhang Zhupo)

Seuls quelques livres[1] *peuvent être relus cent fois sans lassitude. Les autres ne supportent pas une seule relecture. On n'y peut rien ! (Gu Tianshi)*

Mieux vaut construire un ermitage qu'ériger un autel pour une célébrité encore en vie. (Wang Anjie)

1. *Zuozhuan*, commentaire d'annales attribuées à Confucius ; *Élégies de Chu* ; chroniques historiques de Sima Qian et Pan Gu ; poésie de Du Fu et Han Yu ; romans *Au bord de l'eau* et *la Pérégrination vers l'ouest* ; théâtre, *le Pavillon des pivoines.*

125

Les caractères de l'écriture et la peinture ont une origine commune puisque le pictogramme est le premier des six modes de composition des caractères [1].

Il y a des caractères qui ne peuvent être un simple dessin. On ne pouvait pas se passer des six modes de composition. (Jiang Hanzheng)

Voici exprimée en quelques mots une chose que les anciens n'ont pas su expliquer. (Zhang Zhupo)

1. Pictogramme, symbole indicatif, agrégat logique, complexe phonique, transfert, emprunt.

126

Le jardin d'un homme affairé doit être contigu à sa demeure. Le jardin d'un homme libre de son temps peut être très éloigné de sa demeure.

Un homme vraiment libre de son temps doit avoir son jardin pour demeure. (Zhang Zhupo)

127

Propositions dont la réciproque n'est pas vraie : Le vin peut remplacer le thé. La poésie peut remplacer la prose. La lune peut remplacer une lampe. Une ballade peut remplacer un poème à chanter. Le pinceau peut remplacer un discours. Une servante peut remplacer un domestique.

Cela implique trop de familiarité de remplacer un domestique par une servante. Attention aux épouses acariâtres. (Jiang Hanzheng)

Il y a des cas où un domestique peut remplacer une servante mais c'est moins satisfaisant. C'est une manie très répandue chez nos contemporains, tous s'en vantent ou font semblant. Xinzhai ne sait-il pas pourquoi ? (Zhou Xingyuan)

Les servantes peuvent remplacer les domestiques là où il y a aussi des domestiques. Les domestiques ne peuvent pas remplacer les servantes là où il y en a, seulement là où il n'y en a pas. (Zhang Zhupo)

Je suppose que la lune ne peut pas te tenir lieu de lampe lorsque tu bois et manges. (Ton frère Mushan)

Remplacer une servante par un domestique n'est-ce pas se montrer rétrograde au sujet des droits des demoiselles ? (Yu Xiangke)

Seuls les palais impériaux ou princiers peuvent remplacer les servantes par des domestiques, grâce à l'institution des eunuques. Quand on voit un domestique sortir de la chambre de la maîtresse de maison, cela peut donner à penser. (Song Zifa)

128

Une légère injustice personnelle peut être réparée avec une coupe de vin. Une grave injustice publique ne peut être réparée qu'avec une épée.

On peut donc éliminer l'injustice en tenant une coupe de vin, les yeux fixés sur une épée. (Zhou Xingyuan)

Voilà une utilisation de l'épée pour pacifier le monde inconnue des héros légendaires. (Zhang Zhupo)

Le ciel ne prête pas facilement des épées telles que la fameuse « Tai'a » aux hommes, car il semble qu'ils ne soient pas tous des héros légendaires. (Zhang Yuan)

« Longquan » et « Tai'a », épées fameuses, c'est à moi qu'on vous a léguées. Je suis plus enflammé par ma lecture que le poète Su Shunqin par celle de l'histoire des Han. (You Hui'an)

129

Si l'on ne peut se dispenser de flatter, mieux vaut des paroles que des écrits. Si l'on ne peut se retenir d'insulter, mieux vaut aussi des paroles que des écrits.

À condition d'avoir le choix ! (Zhang Baoren)

La première proposition exige du caractère, la seconde de la vertu. (Zhang Zhupo)

Pas seulement de la vertu, cela peut aussi aider à esquiver le malheur. (Zhang Yu'an)

À quoi peut servir un pinceau, de nos jours, si ce n'est à flatter ? Xinzhai semble ignorer cette triste réalité, il se croit encore dans des temps anciens. (Gu Tianshi)

On pouvait lire autrefois sur des pinceaux cette inscription : « Pour vivre en paix, trempe-moi dans l'eau plutôt que dans l'encre. » Certains écrivent des flatteries qui sont en fait ironiques ou des insultes qui sont prises pour des éloges mais le mieux est de ne pas écrire du tout. (Lu Yunshi)

130

Une grande sentimentalité dispose à l'érotisme mais l'érotisme ne va pas toujours de pair avec une grande sentimentalité. La beauté attire le malheur mais le malheur ne va pas toujours de pair avec la beauté. Un bon poète aime le vin mais l'amour du vin ne va pas toujours de pair avec le talent poétique.

Le sentiment inspiré par le désir n'est que de l'érotisme, et rien d'autre. Si le malheur frappe une beauté, est-ce vraiment parce que le malheur s'acharne toujours sur la beauté ? Cessons d'invoquer le destin ! (Zhang Zhupo)

Il y a de bons poètes qui n'aiment pas le vin. (Hong Qiushi)

131

Le prunus inspire la noblesse ; l'orchidée, le calme ; le chrysanthème, le goût de la campagne ; le lotus, le détachement ; le pommier à bouquets, l'amour ; la pivoine, la fougue ; le bananier et le bambou, le raffinement ; le bégonia, la séduction ; le pin, la retraite ; le platane, la pureté ; le saule, la sensibilité.

Une belle femme incite les plantes à être parfumées. Un lettré célèbre incite les fleurs à danser. (Zhang Zhupo)

Ces fleurs de rhétorique méritent d'être recueillies dans un album. (You Jinyong)

132

Le plus émouvant parmi les astres est la lune ; parmi les instruments de musique, la cithare ; parmi les animaux, le coucou ; parmi les plantes, le saule [1].

1. Le coucou, selon la légende, pleure des larmes de sang. Le saule est un symbole de l'adieu.

133

Une épouse et des enfants sont un fardeau ; j'envie Heqing d'avoir eu les pruniers pour épouses et les grues pour enfants. Des domestiques peuvent très bien tenir une maison ; j'admire Zhihe d'avoir eu des bûcherons et des pêcheurs pour le servir [1].

Ce sont d'enviables exceptions. L'homme doit se contenter de son lot qui est de vivre en famille. (You Hui'an)

1. Lin Bu (Xe s.) et Zhang Zhihe (VIIIe s.), deux poètes qui vécurent en ermites.

134

On estime que des lectures décousues ne sont d'aucun profit, pourtant cela vaut mieux qu'une ignorance totale du passé comme du présent. On a raison d'admirer une intégrité supérieure mais à condition qu'elle n'ignore pas les nécessités de l'époque.

Personne ne fut plus intègre que l'ermite Zhuge Liang[1]. *(Huang Jiaosan)*

Xinzhai conduit sagement sa vie. (Jiang Hanzheng)

On peut ne pas être en accord avec son temps mais non ignorer ses nécessités. (Zhang Zhupo)

Cette réflexion mériterait de passer à la postérité. (You Hui'an)

1. Qui s'engagea dans les luttes des Trois Royaumes, au IIIᵉ siècle.

135

La beauté parfaite aurait un visage de fleur, une voix d'oiseau, une grâce de saule, un rayonnement lunaire, des os de jade, une peau de neige, un regard d'eau automnale, un cœur poétique. Là, je ne trouverais rien à critiquer.

Il faudrait réunir toutes les perfections de jadis et d'aujourd'hui pour forger une telle créature. (Mao Pijiang)

Et encore y faudrait-il un travail surhumain. (Jiang Hanzheng)

Les canons de la beauté n'avaient encore jamais exigé « un cœur poétique ». (Huang Jiaosan)

136

Je me demande ce que nous sommes pour les mouches qui se promènent sur notre visage et les moustiques qui sucent notre sang.

Ils sont sans doute des réincarnations de moines mendiants et ne font que quémander une aumône. (Dong Kangchou)

Il ne faut pas l'ébruiter ! (Le moine Junren)

C'est de la quintessence de Zhuangzi. (Zhang Zhupo)

Ces bestioles qui se nourrissent de sang humain doivent être attirées par nous comme nous par l'odeur de la viande. (You Hui'an)

Il y en a d'autres qui se promènent sur notre visage et sucent notre sang, qui se comportent comme des mouches et des moustiques sans en être. On sait que ce sont des hommes mais on ne sait pas ce que les hommes sont pour eux. (Lu Yunshi)

137

Il y a des gens qui connaissent les plaisirs d'une vie agreste et retirée, mais ne savent pas en profiter, comme les pêcheurs et les paysans, les moines et les taoïstes. Et il y en a qui connaissent les plaisirs d'une belle demeure peuplée de femmes mais ne peuvent pas en profiter ou le font mal, comme les riches marchands et les mandarins.

Il y en a, aussi, qui disposent de mets raffinés sans pouvoir les déguster, comme les cuisiniers; ou qui sont entourés de livres et de calligraphies rares sans pouvoir les lire, comme les vers et les libraires. (Ton frère Mushan)

138

Li Ju a dit : « J'aimerais fiancer le prunus au pommier à bouquets, apparier l'oranger au cerisier, marier la moutarde à la pousse de bambou. Malheureusement ils ne grandissent pas au même rythme. » J'estime pour ma part que toute créature doit être assortie en fonction de ses affinités. Beaucoup de mariages, de nos jours, n'auraient pas dû se faire. Le prunus est pur et noble mais le pommier est d'une séduction toute extérieure ; même assortis par l'âge on ne peut les marier. Mieux vaut unir le prunus au poirier et le pommier à l'abricotier. De même le cédrat et la mandarine, le litchi et la cerise, le bégonia et l'amarante se conviennent. Quant à marier la moutarde à la pousse de bambou, cela donnerait un couple perturbé par la jalousie féroce de l'épouse.

Lorsque j'ai écrit un éloge de la pivoine herbacée, que je fais reine de la pivoine en arbre, tu m'as dit qu'elle pourrait bien ne pas accepter. (Ton frère Mushan)

La divinité des fleurs devrait vous engager comme entremetteuse pour augmenter le nombre des fleurs et des fruits. (Shi Tianwai)

L'amarante ferait une vieille fiancée, elle qui fleurit tard dans l'automne. (Jiang Xuezai)

139

Les couleurs sont parfois excessives, parfois insuffisantes. Seuls le noir et le blanc ne sont jamais excessifs.

N'avez-vous jamais entendu parler de Li le « Trop blanc » des Tang [1]? (Du Chacun)

Ni du noir trop noir du tao [2]? (Jiang Hanzheng)

Il n'y a pas que le jeu d'échecs qui oppose le blanc au noir. Laozi a dit : Connais le blanc, tiens-t'en au noir [3]. (You Hui'an)

1. Sens littéral d'un prénom de Li Bai, l'illustre poète du VIIIe siècle – 2. Un même terme signifie noir et mystérieux, et peut désigner le taoïsme. – 3. Ch. 28. Le noir est le yin, la non-intervention.

140

Dans le *Shuowenjiezi* [1] à chaque radical présenté avant les caractères qui s'y rattachent, il y a toujours le commentaire : «Tous les caractères se rattachant à ce radical s'écrivent avec lui. » Cette phrase est ridicule et superflue, pourquoi ne pas la supprimer ?

Trop de précision ne nuit pas. (Tan Gongzi)

D'autre part, c'est un legs de l'histoire ancienne. (Wang Sizhi)

1. Le plus ancien ouvrage sur l'étymologie des caractères, daté de 100 av. J.-C.

141

Quand on lit, dans *Au bord de l'eau*, les passages où Lu Da bat Zhen Guanzi ou Wu Song abat un tigre [1], on se dit que puisqu'il n'arrive pas toujours des choses plaisantes dans la vie, il est bon, pour ne pas vivre en vain, d'écrire des livres aussi toniques. Ceci console de cela.

Des choses pareilles ne peuvent arriver que par hasard. (Zhang Zhupo)

Xinzhai écrit aussi des livres toniques, il n'y a pas que les bagarres qui soient plaisantes. (Lu Yunshi)

Ce qui serait encore plus plaisant, ce serait que mon frère batte le loup de la montagne. [2] *(Mushan)*

1. Célèbre roman du XVe siècle sur une honorable rebellion, et deux de ses protagonistes. – 2. Anecdote célèbre : un loup abuse de la bonté naïve d'un lettré.

142

Au printemps le vent est comme du vin ; en été comme du thé ; en automne comme de la fumée ; en hiver comme du gingembre ou de la moutarde.

C'est pourquoi le vent d'automne peut même être irritant [1]*. (Xu Yun'an)*

Comment faire souffler toutes les nuits un vent printanier ? (Zhang Zhupo)

1. Jeu de mots : « faire souffler un vent automnal » signifie solliciter de l'argent.

143

Les croisillons en « craquelures sur la glace » sont d'un bel effet pour une fenêtre mais ils doivent être fins ; trop épais, il n'est pas agréable de regarder à travers.

Comme les craquelures d'une porcelaine Geyao[1]*. (Jiang Hanzheng)*

Pure comme « un cœur de glace dans une théière de jade[2]*. » (Jin Xiongfeng)*

1. D'époque Song, blanche à reflets gris et craquelures bleutées. – 2. Vers de Wang Changling, VIIIe siècle.

144

Les oiseaux qui chantent le mieux sont les grives, puis les loriots et les merles. Mais ces derniers n'ont jamais été domestiqués et mis en cage. Ils pourraient être les compagnons du noble lettré qui se fait entendre sans se soumettre.

Heureusement, on n'a pas toujours besoin d'espérer que le loriot ne chantera pas.[1] *(Jiang Hanzheng)*

« Lorsqu'un loriot devient familier, il pousse quelques cris avant de s'en aller[2]*. » Il est doué de sensibilité, pourquoi le mettre en cage ? (Lu Yunshi)*

1. Allusion à un poème de Jin Changxu des Tang, où l'on cherche à faire s'envoler un loriot sans réveiller une femme rêvant de l'absent. – 2. Poème de Rong Yu des Tang.

145

À trop négliger ses affaires on finit par devoir compter sur les autres. À trop se consacrer à ses relations on finit par ne pouvoir compter que sur soi.

On se sent rappelé à l'ordre comme en entendant la cloche d'un monastère. (Yang Shengzao)

Pour ma part je ne serais contrit ni de l'un ni de l'autre. (Mao Pijiang)

On peut ne compter que sur soi mais pas que sur les autres. (Zong Zifa)

Les autres n'acceptent pas toujours que l'on compte sur eux, mieux vaut être un peu prévoyant. (Jiang Hanzheng)

146

Selon un adage ancien, une femme instruite est souvent dévergondée. Je pense que ce n'est pas le fait de l'instruction en soi mais, comme une femme instruite est souvent une personne en vue, son dévergondage passe moins aisément inaperçu.

C'est pourquoi les lettrés célèbres devraient eux aussi surveiller leur comportement. (Zhang Zhupo)

Les femmes sages et instruites n'en sont que plus sages. Les dévergondées ne le sont pas moins parce qu'elles ne sont pas instruites. (Li Ruojin)

147

Pour un vrai lecteur tout est livre : les paysages, le jeu d'échecs, le vin, les fleurs et la lune. Pour un vrai promeneur tout est paysage : l'histoire, la poésie, le vin, les fleurs et la lune.

C'est tout à fait cela. (Chen Huoshan)

On peut le dire de quiconque comprend vraiment quelque chose. (Huang Jiaosan)

Allongé la nuit dans son lit on peut évoquer les deux à la fois. (Jiang Hanzheng)

Paysages et livres : deux choses qui ne font qu'une. (You Hui'an)

Admirable parole de lettré talentueux et vertueux. (Lu Yunshi)

148

La beauté d'un jardin réside dans ses grandes lignes et non dans les détails de sa décoration. On voit souvent des jardins aux kiosques et aux murs ornés de briques et de tuiles ciselées avec un art infini ; mais tout cela se dégrade vite et il est difficile de le réparer. La simplicité n'est-elle pas ce qu'il y a de plus beau ?

Rien n'est plus triste qu'un beau jardin dévasté aux terrasses et pavillons envahis par les ronces. Aussi certains sages d'autrefois ne voulaient-ils pas de jardin. J'ai un jour tracé dans un jardin célèbre cette inscription : Ce sont des restes des beaux jardins que les jardiniers peuvent tirer un peu d'argent. Cela me peine. (Jiang Hanzheng)

J'ai compris la différence entre un jardinier et un gredin. Le domaine de l'un, ce sont les chemins sinueux et celui de l'autre, les chemins tortueux. (Mushan)

149

Assis seul sous un ciel étoilé on n'a que la lune à qui confier son chagrin. Couché solitaire par une belle nuit on n'a que les cigales pour écouter ses plaintes.

Voilà qui éveille en moi une foule de sentiments mêlés. (Yuan Shidan)

Xinzhai connaîtrait-il cet ennui qui vous prend la nuit dans une auberge de passage ? (Huang Kongzhi)

150

La réputation d'un magistrat est fondée sur l'opinion publique. Or les propos des riches notables et des mendiants ne sont pas toujours fiables. L'appréciation d'une courtisane repose sur des idées convenues. Or le jugement des plus belles femmes comme des plus laides risque de ne pas être équitable.

Confucius a dit : Mieux vaut être aimé par les braves gens et détesté par les méchants. (Huang Jiuyan)

Lorsque les notables ne discutent pas de leurs privilèges et que les mendiants n'espèrent pas une faveur exceptionnelle ils peuvent être équitables. (Li Ruojin)

Un homme vilipendé par la foule est toujours quelqu'un de bien. (Ni Yongqing)

151

Celui dont le cœur habite la nature vit au sein d'une ville comme dans un ermitage. Celui dont l'enthousiasme monte jusqu'aux nuages vit dans la poussière du monde comme sur l'île des Immortels.

152

Le platane est un arbre merveilleux. Mais les géomanciens l'accusent d'être néfaste ; ils affirment que le propriétaire d'un platane gros comme un boisseau sera contraint de s'exiler. Pourtant l'anecdote du fief octroyé par le don d'une feuille de platane prouve qu'il en poussait dans les cours du palais de l'antique dynastie des Zhou, qui fut la plus longue de l'histoire. La plupart des croyances populaires sont aussi peu fiables.

Ceux qui aiment les platanes sont souvent pauvres ; mais c'est sans doute parce que le créateur est avare de ses bienfaits et non que le platane est faste ou néfaste. Mais ses branches nues sont déplaisantes sous le vent d'automne (double sens : les pauvres sont déplaisants quand ils vous sollicitent). (Jiang Hanzheng)

Il est dit dans le Classique des poèmes : « Le platane pousse au soleil et attire le phénix. » (You Hui'an)

Xinzhai répare une injustice millénaire envers les platanes. (Ni Yongqing)

153

Un grand cœur ne change pas au gré des circonstances. Un grand buveur ne boit pas plus ou moins selon les saisons. Un grand lecteur ne cesse pas de lire à cause de ses occupations.

C'est lui-même que Xinzhai décrit dans ces trois phrases. (Zhu Qigong)

J'aimerais lire le Lisao[1] *en buvant, sans interruption jusqu'à ma mort. (Wang Sizhi)*

1. Célèbre poème élégiaque de Qu Yuan, IIIe siècle av. J.-C.)

154

L'araignée est l'ennemie du papillon. L'âne est le vassal du cheval.

C'est aussi spirituel que les énigmes des Jin. (Zhou Xingyuan)

On n'a jamais entendu de propos aussi surprenant depuis la création du monde. (Huang Jiaosan)

155

Pour nous forger le caractère imprégnons-nous de la morale des philosophes des Song. Pour nous comporter dans la vie inspirons-nous de l'élégance des philosophes des Jin[1].

Un vrai confucéen peut avoir de l'élégance. (Fang Baochen)

Vous vous décrivez. (Zhang Zhupo)

J'ai un jour écrit pour le vénérable Zhao Ke'an de Jinling la phrase suivante : « Outre Zhuangzi et Qu Yuan, les piliers de la littérature sont les philosophes Jin et Song. » Je puis vous la dédier aujourd'hui. (Hu Jingfu)

Les deux réunis donneraient un double sage. (Ni Yongqing)

Il y a des confucéens sans élégance et des confucéens élégants, une élégance non confucéenne et une élégance confucéenne. La différence est infime. (Lu Yunshi)

1. Song, Xᵉ-XIIIᵉ siècles, ou néoconfucianisme. Jin, IIIᵉ-Vᵉ siècles, subtils et non-conformistes.

156

On dit que les animaux ont entre eux les mêmes relations que les humains. J'en dirais autant des plantes. La pivoine en arbre est un souverain, l'herbacée son sujet ; le grand arbre de l'adret est un père, l'arbuste de l'ubac son fils ; les ronces prolifèrent ensemble et séparées se dessèchent, comme des frères ; le lotus, avec deux fleurs issues d'un rhizome, est comme un couple d'époux; les orchidées au cœur toujours semblable personnifient l'amitié.

La théorie des relations humaines fondamentales a perdu bien du prestige, qu'il faille la chercher chez les animaux et les plantes ! Xinzhai n'aime en général pas ce ton moralisateur et pédant. (Jiang Hanzheng)

157

Il est plus facile de trouver un héros qu'un sage, plus fréquent de rencontrer un homme de lettres qu'un lettré de génie.

Les héros ne sauraient être des sages, tandis que la sagesse implique l'héroïsme. Le raisonnement vaut pour les suivants. (Zhang Zhupo)

158

Le buffle est au cheval ce que le fonctionnaire est à l'ermite. Le cerf est au porc ce que l'Immortel est à l'homme ordinaire.

On sait que jadis des buffles dont on avait enflammé la queue gagnèrent une bataille en chargeant furieusement. Mais je n'ai jamais entendu parler d'un cheval ermite ; lorsque le roi Wu renvoya ses chevaux sur le Mont Hua, c'était une retraite forcée. (Du Chacun)

N'évoquons pas non plus les fils qui se font les « buffles et chevaux » de leurs aînés pour avoir bonne réputation. (Zhang Zhupo)

159

Aujourd'hui comme jadis un beau texte est écrit avec des larmes de sang.

Le livre de Xinzhai porte des traces de larmes claires et pures qui à les bien regarder sont des larmes de sang. (Wu Qingyan)

Mais la mauvaise littérature est faite de sang non mêlé de larmes. (Jiang Hanzheng)

160

Le sentiment est le support du monde, le talent sa parure.

Le sentiment est même l'origine du monde : c'est parce qu'un homme et une femme s'aimaient qu'il y a eu époux, pères et fils, frères, amis, souverains et sujets. (Wu Yuruo)

Sentiment et talent sont également indispensables. (Le moine Zhongzhou)

161

Confucius est né dans l'est de la Chine ; l'est est lieu de vie, c'est là que les rites, la musique, les textes canoniques ont existé grâce à sa pensée. Le Bouddha est né à l'ouest de la Chine ; l'ouest est terre de mort, c'est là que les sensations, la conscience, l'action et le savoir ont été annihilés par son enseignement.

En allant vers l'est les bouddhistes sont entrés au pays de la vie. Quand les gens regardent le ciel, à l'ouest, savent-ils que c'est le lieu de la mort ? Hélas, ceux de l'ouest ne changent pas jusqu'à la mort. (Wu Jienan)

Confucius n'a fait qu'encourager chacun à s'efforcer durant sa vie. Le Bouddha n'a fait qu'enseigner à être maître de soi pour mourir. Chacun voyait un aspect des choses. (Yin Rijie)

Notre ancêtre Pangu est né au centre du ciel, c'est pourquoi nous sommes entre les deux extrêmes. (Ni Yongqing)

162

Si la montagne est verte les eaux sont d'émeraude, car elles tiennent d'elle leur couleur. Si le vin est bon les poèmes sont beaux, car ils tirent de lui leur inspiration.

On ne peut boire un bon vin et dire de beaux poèmes que près de l'eau d'émeraude d'une montagne verte, vin et poésie doivent tout au paysage. (Li Shengxu)

163

Yan Junping fondait son enseignement sur la divination. Sun Simiao sur la médecine, Zhuge Liang sur la stratégie[1].

Xinzhai fonderait-il son enseignement sur l'ombre des rêves ? (Yin Rijie)

Un tel enseignement confère le titre de philosophe. (Dai Tianyou)

1. Trois personnages historiques. Le troisième, qui vécut au IIIe s., est un des héros du roman *les Trois Royaumes.*

164

Chez les humains, la femme est plus belle que l'homme. Chez les oiseaux, le mâle a plus d'éclat que la femelle. Et chez les autres animaux, il n'y a pas de différence.

Il existe des hommes plus beaux que des femmes. Ce n'est pas une règle absolue. (Du Chacun)

C'est Chacun qui se plaît à le dire ! Il n'y a pas de règle absolue. (Xu Songzhi)

165

Si un miroir rencontre un laideron, une pierre à encre un lettré vulgaire, ou une épée un général médiocre, ce sont pour eux des malheurs sans remède.

Tous les malheurs se ramènent plus ou moins à cela. (Yang Shengzhao)

Xinzhai n'a pas sur sa table une seule pierre à encre correcte. Et pourtant ses écrits n'ont pas une touche de vulgarité. Là, c'est un grand bonheur pour les pierres à encre. (Min Binlian)

Le plus tristement irrémédiable c'est qu'une belle créature soit condamnée à suivre un imbécile. (Cao Chonggu)

166

S'il n'y avait pas de livres, on s'en passerait ; puisqu'il y en a, lisons. S'il n'y avait pas de vin, on s'en passerait ; puisqu'il y en a, buvons. S'il n'y avait pas de paysages, on s'en passerait ; puisqu'il y en a, contemplons-les. S'il n'y avait pas de talent et de beauté, on s'en passerait ; puisqu'il y en a, aimons et apprécions-les.

C'est facile à dire ! Quand pourrai-je enfin monter sur le Huangshan, pourtant si près de chez moi ? (Ton frère Mushan)

167

Les oiseaux peuvent s'égosiller et chanter joliment en toute saison. Pourquoi les écrivains se résignent-ils à coasser comme une grenouille ou mugir comme un buffle ?

Si les buffles ne mugissaient pas, comment les mandarins consentiraient-ils à les écouter ?[1] *(Wu Yuanci)*

Les mandarins ne s'intéressent pas aux compositions d'examen mais aux mugissements de buffles ; c'est cela le nerf de la littérature. (Zhang Zhupo)

Si le monde prend les coassements et les mugissements pour des chants de phénix, qu'y peut-on ? (Ni Yongqing)

1. « Écouter le buffle » signifie se préoccuper du peuple.

168

La laideur n'est pas l'ennemie déclarée des miroirs car ce sont des objets inanimés et inconscients. Mais si les miroirs étaient conscients ils seraient impitoyablement brisés.

Si les miroirs étaient conscients il y a longtemps que nous les aurions écartés. (Jiang Hanzheng)

Si les miroirs étaient conscients ils transformeraient la laideur en beauté. (Zhang Zhupo)

169

Mon ancêtre Zhang Gongyi[1] est resté célèbre pour avoir écrit que seule une « centuple tolérance » permet à une famille de cohabiter durablement. Il semble avoir ignoré que même une « centuple tolérance » n'évite pas la discorde dans une famille comme dans une armée de serviteurs.

Même imparfait, ce moyen reste le meilleur. (Jiang Hanzheng)

Cette réflexion de Xinzhai me va droit au cœur. Même si la tolérance peut aider à gouverner une famille, elle a aussi permis à la favorite Wu Zetian de détrôner le tolérant empereur Gaozong. (Gu Tianshi)

Pour moi, une centuple tolérance est encore insuffisante, sinon aussi bien se servir d'un sabre ou se faire moine. (Ni Yongqing)

C'est justement la discorde qui requiert de la tolérance. (Wang Anjie)

1. Plutôt homonyme, donc considéré comme parent. La citation vient d'une lettre à l'empereur Tang Gaozong, VIIe siècle.

170

Plusieurs générations vivant sous le même toit, c'est bien sûr magnifique. Mais on ne peut pas citer comme exemplaire le fait de se couper un morceau de chair pour nourrir ses vieux parents ou d'habiter sur leur tombe. Ce sont des cas limites et non des modèles. Ce n'est pas ainsi qu'on préserve un juste équilibre.

Les anciens déjà estimaient que le père et le fils devaient avoir chacun leur demeure. (Hong Quwu)

À condition de continuer à fréquenter la vaste demeure commune de la moralité.[1] *(Shen Qizhang)*

1. Allusion à Mencius.

171

Le secret de la pratique littéraire : Les idées subtiles doivent être exprimées avec des mots simples, les idées simples avec des propositions subtiles. Les sujets rebattus doivent être traités avec des idées neuves, les sujets communs développés en profondeur. Ce qui est trop dense doit être délayé, le trop prolixe abrégé, les touches de vulgarité repolies, l'emphase tempérée. Voilà ce que j'entends par travailler son style.

C'est tout le lumineux processus de la création littéraire. (Chen Kangchou)

Voilà qui s'appelle être un maître de la mesure. (Zhang Zhupo)

C'est l'ambition secrète de l'écrivain qui est exposée ici, ce n'est pas un mince mérite. (Wang Danlu)

172

La pousse de bambou est la merveille des légumes, le litchi celle des fruits, le crabe celle de la gent aquatique, le vin celle des boissons, la lune celle du ciel, le Lac de l'Ouest celle des paysages, le poème chanté celle de la littérature.

L'Ombre d'un rêve *est la merveille des livres. (Zhang Nancun)*

Et ce propos la merveille du livre. (Chen Huoshan)

173

Si l'on prend soin avec amour d'une belle fleur achetée, que ne ferait-on pour une « fleur douée de la parole » ?

Ces paroles reflètent une nature accomplie, celle d'un Immortel dans le corps d'un honnête homme. Comment le commun des hommes comprendraient-ils ? (Zhou Xingyuan)

De telles dispositions nous incitent à réciter des soutras. (Shi Tianwai)

Les « fleurs douées de la parole » peuvent tomber entre les mains d'une brute ou être livrées à la jalousie d'une virago. Rien ne sert alors de vouloir les protéger. (Li Ruojin)

Ces paroles sont d'un cœur compatissant et perspicace. (Wang Sizhi)

174

Il suffit de regarder l'éventail que quelqu'un tient à la main pour savoir s'il a ou non de la distinction et quelles sont ses fréquentations.

Il y a des gens qui sollicitent moyennant rétribution des peintures et calligraphies de célébrités qui ne les fréquentent pas. Leurs éventails distingués ne dissimulent pas leur vulgarité. Je ne crois pas que cette remarque puisse servir de règle. (Li Shengxu)

Les gens qui acceptent de débourser de l'argent pour posséder des peintures ou calligraphies de célébrités ont aussi une certaine distinction. Il y en a beaucoup qui n'y songeraient pas. (Bi Yugu)

Vous avez tous les deux raison. (Qian Mutian)

175

L'eau accueille les choses les plus souillées, le feu les repousse. Mais ils peuvent l'un comme l'autre transformer l'impur en ce qu'il y a de plus pur.

Bien des choses en ce monde devraient être jetées à l'eau ou au feu, et on se réjouirait de leur transformation. (Jiang Hanzheng)

176

Il y a des physionomies intéressantes bien que laides, comme il y en a qui sans être laides ne sont pas intéressantes. Il y a des textes que l'on aime bien que mal écrits, comme il y en a que l'on déteste même s'ils sont bien écrits. Voilà qui est difficile à faire comprendre à ceux qui s'en tiennent aux apparences.

Chez un cheval aussi, il faut voir plus loin que la distinction «mâle, femelle», «noir, brun clair». (Chen Kangchou)

Au fond, ce qui est intéressant doit avoir une part d'étrange, ce que l'on peut aimer ne doit tout de même pas être trop mal écrit. (Li Ruojin)

Détestable et bien écrit? Non, c'est que c'est mal écrit. (Mei Xueping)

177

Les promenades dans un beau paysage sont prédestinées tout comme le reste. Si elles ne sont pas inscrites dans un destin, on n'en trouve pas le loisir, serait-on tout près de là.

Lorsque j'ai rencontré Xinzhai je lui ai demandé s'il était déjà monté sur le Huangshan et il m'a répondu que non. Ce n'était pas encore inscrit dans son destin. (Zhang Nandun)

En cet hiver de l'an wuyin (1698) *j'ai enfin pu rencontrer Xinzhai que j'admire depuis dix ans. Qu'il ne regrette pas de n'être pas encore monté sur le Huangshan, il n'est pas trop tard. (Lu Yunshi)*

178

« Il n'est pas obséquieux s'il est pauvre, il n'est pas orgueilleux s'il est riche », tel était le sage selon les anciens [1]. Mais de nos jours rares sont les pauvres qui ne soient pas orgueilleux et les riches qui ne soient pas obséquieux. Notre époque est tombée bien bas.

On mentionne dès les Royaumes combattants (–745 –221) des gens pauvres et orgueilleux. (Xu Lei'an)

Les plus déconcertants sont ceux qui changent selon les circonstances, obséquieux à l'égard des uns et orgueilleux vis-à-vis des autres. (Zhang Zhupo)

1. Citation des *Entretiens de Confucius*, I, 15. Confucius complète ce mot d'un disciple ainsi : « pauvre et heureux, riche et respectueux des rites ».

179

Quelqu'un, jadis, a exprimé le désir de consacrer dix ans à l'étude, dix ans au voyage et dix ans à une collection de livres précieux. J'estime, pour ma part, qu'il n'est pas nécessaire de consacrer dix ans à sa collection, que deux ou trois ans suffisent. Par contre pour l'étude et le voyage, le double ou le triple d'années ne suffiraient pas à assouvir mon désir. Comme l'a dit mon aîné Huang Jiuyan, « la vie humaine devrait être de trois cents ans ».

Ce sage de jadis voulait dire que nous ne pouvons pas tout faire et qu'il faut choisir. (Jiang Hanzheng)

Li Changheng [1] aimait tant les montagnes du Lac de l'Ouest qu'il aurait voulu passer un an sur chacune. Même les trois cents ans de Huang Jiuyan n'y suffiraient hélas pas. (Sun Songping)

À y bien réfléchir, mieux vaut être Sima Qian[2] que Pengzu[3]. (Zhang Zhupo)

1. (1575-1629). – 2. (–145 –90), célèbre historien qui voyagea beaucoup. – 3. Qui vécut huit cents ans.

180

Plutôt être insulté par un homme de peu que méprisé par un homme de bien. Plutôt être rejeté par un examinateur stupide qu'ignoré par un lettré distingué.

Mieux vaudra désormais éviter d'insulter Xinzhai. (Chan Kangchou)

On peut l'insulter et même le frapper, mais en sachant que ce sera le combat « d'une aile de poulet contre un poing de fer ». (Jiang Hanzheng)

Voilà qui apaise mes regrets. (Zhang Zhupo)

Si l'on n'est pas insulté par les gens de peu c'est qu'on ne vaut pas mieux qu'eux ; si l'on est méprisé par les hommes de bien c'est qu'on n'en est pas un soi-même. (Li Ruojin)

181

On ne peut pas ne pas être inflexible envers soi-même car l'on risque de devenir abject. On ne peut pas être inflexible envers les autres car alors on ne sera jamais un honnête homme.

On ne peut pas être inflexible même envers soi au côté d'un honnête homme. On ne peut pas ne pas être inflexible même envers autrui face à un être abject. (Wu Jienan)

C'est une parole de philosophe tracée par le pinceau d'un écrivain de talent. (Shi Tianwai)

Vous incarnez cette profonde vérité. (Pang Binu)

182

Chez les insectes la cigale est l'ermite, l'abeille l'être sociable.

Xinzhai y serait Dong Gu, le chroniqueur impartial. (Cui Qingshi)

Les moustiques sont les commis, les mouches les voyageurs. (Wu Jingqiu)

183

Les gens acceptent volontiers de se faire traiter d'imbécile, d'idiot, de maladroit ou de fou, ce qui n'a rien de flatteur. Par contre, ils sont mécontents d'être traités d'hypocrite, de fourbe, de brutal ou d'enjôleur.

Il y a des réputations qui ne correspondent pas à la réalité et des réalités que l'on cherche à camoufler. Ainsi, il y a des hypocrites, des fourbes, des brutes et des enjôleurs qui se donnent l'air d'imbéciles, d'idiots, de maladroits et de fous, et s'accommodent donc fort bien de cette réputation. (Jiang Hanzheng)

184

Au temps de Yao et de Shun [1] les animaux étaient sensibles à la musique. Sans doute subissaient-ils l'heureuse influence de ces sages car il semble qu'il n'en ait plus été ainsi par la suite.

Ainsi les animaux, comme tout en ce monde, progressent et régressent ? (Hong Quwu)

Les animaux des époques ultérieures sont peut-être des

réincarnations d'humains et soumis aux mêmes avatars. On ne peut le savoir. (Chan Kangchou)

Peut-être seraient-ils encore sensibles à la musique si c'était encore celle du temps de Yao et de Shun ? (Shi Tianwai)

Les animaux sont restés les mêmes aux époques ultérieures. Ce sont les hommes qui ont changé. (Bi Youwan)

1. Les empereurs fondateurs.

185

On supporte une douleur mais non une démangeaison. On endure l'amertume mais non l'aigreur.

Quand je vois des aigris je supporte d'autant mieux l'amertume. (Chen Kangchou)

C'est appeler l'aveugle au secours du paralytique. (Zhang Zhupo)

Si l'on ne supporte pas une démangeaison il faut demander à Magu (la belle déesse griffue) de vous gratter le dos. (Yu Xiangzu)

Si l'on sait distinguer les différentes souffrances on est digne de parvenir à l'illumination. (Le moine Mutang)

186

Le reflet de quelqu'un dans un miroir est un portrait en couleur, une peinture aux contours cernés ; son ombre sous la lune est une esquisse, un lavis. Les ombres des paysages sur la lune sont une géographie céleste, le reflet des astres dans l'eau est une astronomie terrestre.

Voici un pinceau capable de dessiner le vide et de sculpter l'ombre. (Yun Shuzi)

Et qui pourrait faire poser leur pinceau aux meilleurs peintres. (Shi Tianwai)

Xinzhai évoque les plus belles ombres. (Shen Qizhang)

187

Il faut être capable de lire dans les livres sans mots pour concevoir des propos qui émerveilleront. Il faut être capable de comprendre les mystères sans explication pour saisir la fulgurante simplicité du *chan*.

L'étude chez Xinzhai procède de l'illumination, aussi va-t-il toujours à l'essentiel. (Huang Jiaosan)

188

Sans poésie et sans vin, le paysage est une page blanche. Sans beauté et sans grâce, les fleurs et la lune sont des formes vides. Mais, hélas, des hommes de talent et de prestance, des femmes belles et douées pour la littérature ne peuvent vivre éternellement, et pas seulement parce que le créateur ne le veut pas. Ils sont un trésor qui n'est pas le privilège d'une époque mais se transmet depuis le début des temps. Et d'ailleurs ils ne désirent pas s'attarder dans ce monde qui les traite mal.

Voici les pleurs conjugués des affligés de tous les temps. (Zheng Poshui)

Ces affligés cesseraient de pleurer s'ils lisaient ces lignes. (Wang Sizhi)

189

Le fief de Quni est mentionné dans les Histoires avec une prononciation qui est à mon avis celle du nord. Les gens du sud devaient le prononcer autrement.

Ce Quni (dans le Hebei) a des cours d'eau pleins de méandres, d'où cette prononciation de qu, « courbe », *au lieu de l'autre. (Sun Songping)*

190

Les anciens utilisaient déjà les quatre tons mais pas toujours comme nous. Il y avait un « ton rentrant » que les acteurs ne respectent plus mais qui est attesté par les rimes du *Classique des poèmes*. (...)

On ne peut pas généraliser ; le théâtre a différentes traditions pour le chant, celle du sud a encore le « ton rentrant ». (Ton frère Mushan)

191

La pierre à encre d'un homme qui a des loisirs doit être parfaite, mais celle d'un homme affairé doit l'être tout autant. Une concubine pour le plaisir doit être belle, mais pour donner un fils, elle doit l'être tout autant.

Qu'une belle pierre soit noircie par l'encre, passe encore ; mais qu'une belle concubine le soit par la jalousie, c'est sans recours. (Jiang Hanzheng)

La jalousie est suscitée par la concubine en soi et non par sa beauté. (Zhang Zhupo)

192

Quel est le meilleur délassement lorsqu'on est seul ? Je dirai que c'est la cithare. À deux ? Ce sont les échecs. À plusieurs ? Ce sont les cartes.

Vaut-il mieux se délasser seul ou à plusieurs ? Je dirai : à plusieurs. À quelques-uns ou très nombreux ? Plutôt à quelques-uns[1]*. (Cai Xuansheng)*

Je ne partage pas ce point de vue. J'ai toujours peur de voir l'amusement dégénérer en affrontement. (Wang Danlu)

1. Citation déformée du classique confucéen Mencius, où il s'agit du prince qui doit se délasser en compagnie de ses sujets.

193

Ceux qui sont bons ou méchants avant même de recevoir une éducation ce sont les vivipares. Ceux qui sont bons ou méchants après avoir été éduqués ce sont les ovipares. Ceux qui sont alternativement bons ou méchants au hasard des influences ce sont les larves. Ceux qui sont successivement l'un et l'autre au terme d'une lente évolution ce sont les réincarnations. [1]

1. Les quatre formes d'existence terrestre selon le bouddhisme. *(Mahapradjnaparamita, Banruojing)*

194

La plupart des choses fonctionnent selon leur conformation, quelques-unes selon leur esprit, comme les miroirs, les marques de reconnaissance[1], les cadrans solaires, les boussoles.

La plupart des humains fonctionnent selon leur conformation, quelques-uns selon leur esprit, comme les sages, les Immortels et les Bouddhas. (Yuan Zhongjiang)

Les choses ne fonctionnent que selon leur conformation et grâce à notre esprit. Le miroir nous montre gros ou maigre selon qu'il est convexe ou concave. La marque de reconnaissance ne peut être interprétée que d'une seule manière. Le cadran solaire enregistre une loi immuable. La boussole fait pivoter son aiguille en tous sens. Tout cela dénote la présence de l'esprit, mais en l'homme. (Le maître Huangyu)

1. En deux moitiés correspondantes.

195

Lorsqu'un lettré de talent en rencontre un autre, ils manifestent de part et d'autre du respect pour le talent. Lorsqu'une belle femme en rencontre une autre, ni l'une ni l'autre n'éprouve de considération pour la beauté. J'aimerais renaître sous la forme d'une beauté parfaite qui serait heureuse d'en rencontrer une autre.

Selon une anecdote ancienne, lors d'un banquet, Bao se moque de Guo qui porte une robe trop large ; lorsqu'on lui demande de danser, il se change et passe une robe trop large. C'est la vie ! (Chen Huoshan)

Nous en reparlerons lorsque Xinzhai renaîtra en belle dame. (Zhang Fangxiu)

Je lui ai déjà exprimé tout le respect que j'éprouve. (Yu Xiangke)

Il ne l'oubliera pas lorsqu'il reviendra. (Ni Yongqing)

196

J'aimerais convoquer une « vaste assemblée de compassion » de moines et de fidèles pour offrir des sacrifices à la mémoire des talents et des beautés de jadis. Il faudrait que je rencontre le moine assez éclairé pour le faire.

Si vous accomplissez cette grande tâche, je vous prie d'attendre vingt ou trente ans que je sois mûr pour y participer. (Gu Tianshi)

Je suis un moine éclairé, et si vous me le demandez, je le ferai. Pourquoi ? Parce que sinon les pauvres esprits errants ne trouveront jamais la délivrance. (Le moine Zhongzhou)

Tant qu'on en restera aux intentions les belles dames continueront à faire entendre partout leurs plaintes. (Jiang Hanzheng)

Je crains que de faux talents et de fausses beautés ne se fassent passer pour de vrais ; malgré toute l'aide du Bouddha ils ne pourraient se contenter de la cuisine de ses moines. Qu'en pense Xinzhai ? (idem)

Le moine Zhongzhou ne me prendra pas mon donateur. (Le moine Yuanfeng)

197

Les saints et les sages sont les substituts du ciel et de la terre.

Cette parole est riche d'enseignements, je ne puis que m'incliner. (Shi Tianwai)

Les saints et les sages sont les auxiliaires du ciel et de la terre. (Zhang Zhupo)

198

Il ne serait pas difficile de créer un ciel sur terre. Il suffirait de faire naître une trentaine d'êtres pleins d'humanité, de noblesse et de talent : un souverain, un premier ministre, quelques conseillers et gouverneurs provinciaux.

Une chanson du pays de Wu dit : « Si l'on fait un ciel, surtout pas un ciel d'avril » (à l'humidité malsaine). Ce n'est pas si simple de créer un ciel. (Huang Jiuyan)

Si le ciel était si facile à créer, il n'aurait pas fallu une déesse Nüwa pour le consolider. (Jiang Hanzheng)

Le ciel n'engendre pas de ciel, rien qu'un rêve. (You Qinyong)

Si le ciel n'engendrait que des hommes bons et de sages gouvernants, on pourrait garder les mains dans ses manches et pratiquer le non-agir (du taoïsme) (Ni Yongqing)

Propos extravagants et profondément vrais. (Lu Yunshi)

199

Dans le jeu du « Parcours du fonctionnaire », la vertu fait avancer et la malhonnêteté est pénalisée. Comment se fait-il que dans la réalité les registres de fonctionnaires prouvent le contraire ?

La vertu est appréciée, en fait, mais elle ne rapporte que quelques sapèques. (Jiang Hanzheng)

Le papier des registres n'est pas de la même qualité que celui des jeux. (Shen Qizhang)

200

Les trois courants spirituels existent aussi chez les animaux. Les espèces dragon, licorne, phénix sont proches des confucéens ; les espèces singe, renard, grue, cerf sont proches des taoïstes ; les espèces lion et buffle sont proches des bouddhistes. Il en est de même pour les végétaux. Le bambou, le platane et l'orchidée sont proches des confucéens ; le pêcher et le cannelier, des taoïstes ; le lotus et la tulipe, des bouddhistes.

Vous pourriez chanter le passage de l'opéra le Pavillon occidental *où toutes les doctrines sont évoquées. (Gu Tianshi)*

La plupart des gens sont toujours affairés et pourtant, comparés à des animaux, ils seraient au plus des éphémères. Ceux qui se détachent du commun ne seraient, comparés à des plantes, que des ronces. (Shi Tianwai)

201

Les bouddhistes disent que le soleil et la lune se trouvent au flanc du Mont Sumeru [1]. S'il en est ainsi, ils doivent contourner le mont pour se déplacer car ils ne peuvent franchir son haut sommet. Les bouddhistes disent aussi que l'eau du Lac Anavadata [2] s'écoule par quatre côtés en direction de l'Inde. Et encore qu'au-dessous de la roue de la terre il y a celle de l'eau, et au-dessous celle du vent et encore au-dessous celle du vide. J'y vois une image du corps humain. Le Sumeru est la tête, le soleil et la lune les yeux, les quatre fleuves du Lac les veines, la roue de la terre les os et la chair, la roue de l'eau l'urine, la roue du vent le souffle. Mais il n'y a rien qui corresponde à la roue du vide.

Voilà qui va à l'encontre des conceptions courantes. (Le moine Yuanfeng)

Après l'union du ciel et de la terre il y a eu trois grands souffles : la respiration, le mouvement horizontal, le mouvement vertical. Le souffle de la respiration est dans les trigrammes [3] zhen (tonnerre) et xun (vent), les tempêtes et marées de la terre, le nez des humains. Le souffle du mouvement horizontal est dans les trigrammes kan (eau) et li (feu), le soleil et la lune, les yeux et les empreintes digitales, le cœur des arbres. Le souffle du mouvement vertical est dans les trigrammes ken (mont) et tui (vapeur), les monts et les lacs, les sécrétions, le crâne et l'abdomen, les bourgeons, les cimes et les racines. Les bouddhistes et les taoïstes ont recours à ces images pour se faire comprendre. (Bi Youwen)

1. Mont central de l'univers autour duquel tout tourne ; il repose sur la roue de la terre. – 2. Sur l'Himalaya, source des quatre grands fleuves de l'Inde. – 3. Les huit trigrammes qui se combinent pour former les 64 hexagrammes du *Yi King*.

202

Su Dongpo a laissé quelques dizaines de poèmes écrits sur des rimes de Tao Yuanming[1]. J'ai eu envie pour ma part de compléter des vers de Su Dongpo mais j'y ai renoncé parce que certaines rimes sont imparfaites. (...)

1. Poètes célèbres dont le premier (1037-1101) admirait le second (365-427). La pratique évoquée était courante. Ce propos, très technique, a été abrégé.

203

Il m'est arrivé d'écrire par hasard un vers qui me semblait réussi mais malheureusement sans trouver celui qui le compléterait. L'un de ces vers est « La feuille morte s'envole, emportant un insecte », un autre : « Un village sous la lune est plus grand qu'une ville. » Je les garde en réserve, sait-on jamais.

204

Ces vers (de Su Dongpo) « La montagne est déserte. L'eau coule et les fleurs s'ouvrent » donnent envie de jouer de la cithare ; ses vers « La victoire enivre. La défaite se surmonte », de jouer aux échecs ; ceux-ci (du *Classique des poèmes*) « La voile suit les remous du fleuve. Et regarde en tous sens », de naviguer et « Est-ce une déesse – Est-ce une reine », de voir une belle dame.

205

Les reflets que renvoient les miroirs et l'eau proviennent de ce qu'ils reçoivent. Les ombres que dessinent le soleil ou une lampe proviennent de la lumière qu'ils dispensent. La lune reçoit son rayonnement du ciel et le dispense sur la terre.

« Recevoir » et « dispenser », une association aussi riche de sens que le yin et le yang. (Zheng Poshui)

Xinzhai dispense l'ombre d'un rêve, un tâcheron en reçoit le reflet. (Pang Tianchi)

206

L'eau bruisse de quatre manières différentes selon qu'elle est une cascade ou une source, s'enlise dans le sable ou coule entre des champs. Le vent, de trois manières, selon qu'il souffle dans une forêt de pins, dans des feuilles d'automne ou sur des vagues à la surface de l'eau. La pluie, de deux manières, selon qu'elle tombe sur des platanes ou des lotus ou bien dans une gouttière ou un seau de bambou.

Le bruit de la pluie est le plus détestable qui soit. Il écorche les oreilles s'il dure trop longtemps. (Ton frère Mushan)

207

Les lettrés méprisent volontiers les riches. Pourquoi alors, pour louer une œuvre, la comparent-ils à de l'or et du jade, des perles et des brocarts ?

Ce qu'on reproche aux riches c'est leur mesquinerie et leur vulgarité mais non leurs perles et leurs jades. (Jiang Hanzheng)

Un homme inculte est méprisable même s'il est riche. S'il est lettré, même pauvre, il est respectable. (Zhang Zhupo)

Zhupo a parfaitement raison. (Lu Yunshi)

Ce qui est méprisable chez les riches c'est leur avarice, leur inculture des Classiques, leur méfiance vis-à-vis de leurs relations, leur dévotion aux puissants, leur morgue envers les lettrés pauvres. Sinon, les riches peuvent avoir leur utilité. (Li Ruojin)

208

Seul celui qui n'est pas affairé par ce qui occupe les gens peut s'occuper de ce qui ne les affaire pas.

209

Lorsqu'on étudie les *Livres canoniques* avant les *Histoires,* on peut s'appuyer sans risque d'erreur sur les théories des anciens sages. Et lorsqu'on relit les *Livres canoniques* après les *Histoires* on apprend à ne plus voir dans les livres uniquement de belles phrases.

On ne trouve pas beaucoup de réflexions semblables dans les recueils des confucéens des Song. (Huang Jiaosan)

Les confucéens d'autrefois étaient prolixes, Xinzhai dit l'essentiel en quelques mots. (Lu Yunshi)

Ceux qui méprisent sans réfléchir les Histoires *feraient bien de relire les* Livres canoniques. *(Wang Bicao)*

210

Quand on habite entre les murs d'une ville, les peintures tiennent lieu de paysage, les *penjing*[1] de jardin et les livres d'amis.

Au fond Xinzhai préfère se délasser seul. (Zhou Xingyuan)

Xinzhai pourrait vivre au centre d'une peinture. (Wang Sizhi)

1. Bonsaïs.

211

La vie à la campagne n'est vraiment agréable que si l'on y a de bons amis. Les paysans et les bûcherons ne savent qu'évaluer les récoltes et prédire le temps, leur commerce fatigue à la longue. Quant aux amis, les plus appréciables sont ceux qui sont bons poètes, puis ceux qui ont de la conversation, puis ceux qui savent peindre ou chanter, et enfin ceux qui sont de grands buveurs.

Les fabulateurs doivent être bons derniers. (Jiang Hanzheng)

Sauf quand ils se pressent à la porte des riches où ils sont les plus appréciés. (Yin Rijie)

Ceux qui savent faire des vers sont nécessairement un peu fabulateurs. (Ni Yongqing)

Que d'affabulations ! (Lu Yunshi)

212

Parmi les fleurs, l'orchidée est Bo Yi, le tournesol Yi Yin, le lotus Liu Xiahui [1]. Parmi les oiseaux, c'est la grue qui est Bo Yi, le coq Yi Yin, le loriot Liu Xiahui. L'insecte qui a mauvaise réputation sans toujours le mériter est le ver rongeur de livres et celui qui se comporte mal en passant pour irréprochable est l'araignée.

Le vieux juge rend son verdict. (Zhang Zhupo)

J'ai déjà proposé de supprimer les toiles d'araignée, il y a toujours quelqu'un pour protester. (Li Ruojin)

1. Bo Yi se laissa mourir de faim à la fin de la dynastie antique des Shang pour ne pas servir la nouvelle. Yi Yin était prêt à gouverner sous tout souverain. Liu Xiahui resta intègre au milieu de la corruption.

213

La putréfaction peut produire des merveilles, comme par exemple les légumes confits ou le soja fermenté. Mais hélas aucune chose, aussi merveilleuse soit-elle, n'échappe à la putréfaction.

Il y a des exceptions, l'or ou la vraie poésie. (Yuan Zhongjian)

Les œuvres de Cao Cao et de Wang Anshi[1] *sont de merveilleux produits de la putréfaction. (Wang Sizhi)*

1. Cao Cao (IIIe s.) grand stratège et poète, passe pour avoir été cruel et cynique. Wang Anshi (XIe s.), grand lettré et instigateur de réformes contestées.

214

Quand le noir et le blanc entrent en contact, le noir peut salir le blanc qui ne peut le recouvrir. Quand un parfum et une puanteur se mêlent, la puanteur domine le parfum qui ne peut s'imposer. Cela donne une idée des rapports de force entre l'honnête homme et l'individu de peu.

On aime le blanc et déteste le noir, chasse la puanteur et recherche les parfums. De même l'honnête homme l'emporte nécessairement sur l'homme de peu. Pourquoi parler de force lorsqu'on a la raison pour soi ? (Ton frère Mushan)

Quand on voit un peu de blanc dans du noir on est stupéfié mais on sait qu'il peut en être ainsi ; quand on voit un peu de noir dans du blanc on est tout aussi stupéfié et ne voit que le noir. L'honnête homme peut avoir un défaut et l'homme de peu une qualité, ils n'ont alors pas toujours la réputation qu'ils méritent et à force de vouloir que tout soit parfait on parvient au contraire. Cela me fait soupirer. (Shi Tianwai)

De nos jours nombreux sont ceux qui combattent la puanteur par la puanteur. (Ni Yongqing)

215

C'est par la honte que se gouverne l'honnête homme. C'est par la douleur qu'on gouverne l'homme de peu.

Si l'honnête homme gouverne l'homme de peu par la honte, ce sentiment peut le faire s'amender[1]*. Et si l'homme de peu paie de retour l'honnête homme par la douleur, celui-ci peut se sentir dévoué à son pays. (Zhang Zhupo)*

1. Citation de Confucius.

216

Un miroir ne peut pas se refléter lui-même, pas plus qu'une balance ne peut se peser ou une épée se transpercer.

Une poésie ne peut se rendre célèbre, ni une prose se célébrer par elles-mêmes. (Ni Yongqing)

La beauté ne peut se voir, ni la vilainie se dissimuler par elles-mêmes. (Pang Tianchi)

« Pour écrire de la bonne poésie il faut avoir d'abord connu la pauvreté » disaient les anciens. Certes la pauvreté a un avantage, elle inspire des mots chargés d'émotion. Un homme riche et honoré ne peut soupirer sur sa misère et ne parle que de choses futiles, ce qui ne saurait donner de bonne poésie. Mais il y a un moyen pour lui de s'élargir l'esprit, c'est de voyager. Tout ce qu'il rencontre alors, paysages, climats, choses et êtres ou même troubles, guerres et calamités naturelles, tout cela peut s'exprimer dans ses poèmes. Il emprunte la détresse d'autrui pour nourrir ses propres plaintes. Ainsi il n'est pas indispensable d'avoir été pauvre soi-même pour écrire de la bonne poésie.

C'est pourquoi la peinture « Le peuple chassé par la misère », commandée par Zheng Xia[1]*, est un chef-d'œuvre. (Zhang Zhupo)*

Si l'on est heureux en voyage, on ne trouve pas le temps d'écrire. Si l'on est malheureux, on en est incapable. Il ne faut pas être agité de sentiments pour garder l'acuité de son regard. (Ni Yongqing)

Il y a beaucoup de pauvres et peu de bons poètes. La poésie ne peut pas être soumise à trop rude épreuve. (You Hui'an)

1. 1041-1119, pauvre dans sa jeunesse, fait présenter cette peinture lors d'une famine à l'empereur qui, ému, octroie une aide.

Cet ouvrage a été composé en Plantin corps 11
par les Ateliers Graphiques de l'Ardoisière
à Bedous
Il a été reproduit et achevé d'imprimer
par l'Imprimerie Floch à Mayenne
le 7 février 1997
pour le compte des éditions Zulma
32380 Cadeilhan

Dépôt légal : février 1997
N° d'édition : 92 - N° d'impression : 40963
ISBN : 2-909031-92-6
Imprimé en France